張晏瑞　　林文寶

主編　　編著

林文寶兒童文學
著作集

第三輯　著作編

第九冊
一所研究所的成立

一所研究所的成立

國立台東師院兒童文學研究所　編輯

張晏瑞　主編

《一所研究所的成立》原版書影

國家圖書館出版品預行編目資料

一所研究所的成立／國立臺東師院兒童文學
研究所編輯.—初版.—臺東市：東師院兒
童文學所，1997〔民 86〕
　　面；　公分，--（兒文所兒童文學叢書）
ISBN 957-02-0401-X（平裝）

1.國立臺東師院，兒童文學研究所　2.兒童
文學－論文，講詞等

525.982　　　　　　　　　　　86012765

一所研究所的成立

編輯者／國立台東師院兒童文學研究所
出版者／國立台東師院兒童文學研究所
發行者／國立台東師範學院
　　　　台東市中華路 1 段 684 號
　　　　電話：(089)318855
　　　　劃撥帳號：0 6 6 4 8 3 0 1
　　　　戶　　名：台東師院兒童文學研究所
承印者／時岱打字印刷社
　　　　台東市福建路 68 號
　　　　電話：(089)323025
　　　　1997 年 10 月初版

《 一所研究所的成立 》原版版權頁

目　次

校長序

　　東師兒童文學研究所於本（八十六）學年度新設並於今年四月時招生，為學校的兒童文學研究工作增添了一批新生力量。東師兒童文學近數年來在語文教育學系同仁的努力下，著有成效，除了先後舉辦的兒童文學學術研討會兒童文學創作發表會、兩岸語文教學研討會、及第一屆小學語文課程教材教法、國際學術研討會，為同仁的發表空間和學術同僚開創了一片新的天空，使兒童文學的先驅和同好能相繼來到本校，戮力為兒童文學的田地施加養料，在大家合力的耕耘下，美好的花朵逐漸在近期內收成，兒童文學研究所的設立及各式兒童研究成果的被肯定，無一不是象徵著本校同仁辛勤的努力所獲得的。

　　今天兒童文學研究所林所長文寶，將兒文所成立過程及其中各式的文件和發表的相關作品集錄成冊，希望能將有關的文獻作為注後各所、系發展上的參考，個人非常贊成他的想法，也支持他對於所務的貢獻和努力，期望本所同仁及相關系所能借重林所長相類似的經驗，以為注後學校發展的參考，在此簡單的表達個人對兒文所以注努力的肯定，並對兒文所未來的發展寄以無限的厚望。

校　長　方　榮　爵　1997.9.1.

所長序
一揚帆

林文寶

　　兒童文學研究所成立了，學生也招了，並且《一所研究所的成立》也要出版了。

　　《一所研究所的成立》，是收錄有關兒童文學研究所在籌備過程中的一些相關資料。身為籌備處召集人的我，似乎有說明其因緣的必要。可是事過境遷，心中累積多時的鬱情，竟然渙兮若冰釋，且心中充滿著喜悅與感恩：感謝校長的支持、同仁的信任、以及兒童文學界的關心。

　　我未能忘記林良、馬景賢、鄭明進、曹俊彥、嶺月…等前輩的幫忙。也不能忘記洪文珍、洪文瓊兄弟傾全力的支援與配合。在籌備期間，我見識了兒童文學界的風範、無私、包容、以及恢宏的多元胸懷。

　　如今，是我們起而行的時候。我說：走進兒童文學界，不是義務，也不是責任。因此，無所謂沈重，這只是一種的選擇，也是一種的志業，有的是無怨與無悔。

　　在我們揚帆的同行中，充滿的是喜悅與感恩。

壹：國立台東師範學院八十六學年度 申請增設系所班計畫書

申請項目：中文名稱－兒童文學研究所

英文名稱－The Graduate Institute of Children's Literature

擬授學位名稱：文學碩士

MA（Master of Arts）

優先順序：（1）兒童文學研究所碩士班

本校現有所系可資支援者：語文教育學系

國內設有本碩士班相關系所之學校：無

聯絡人：何教授三本，電話：089-318855

傳真：089-340536

民國八十四年九月

壹、申請理由：

大體上一個國家兒童讀物出版與類別的多寡，以及讀物品質的高低，正反應出該國的經濟發展情形，以及文化與技術的進步程度。同時，更是該國文化素質與國民教育的指標。

申言之，兒童文學（或兒童讀物）是文化的一環，它的發展不能自外於大環境。雖然，台灣地區的兒童文學的發展是非常緩慢而又閉鎖的。從二次戰後到現在，大體可以分為四個階段：

一、一九四五至一九六三年可稱為交替停滯期：從二次戰後到台灣經濟起飛前一年。交替指的是隨著政權交替而來的文化交替，此時期是新統治階層帶來的抗日、抗共中原文化餘緒與帶有濃厚日本色彩的既有本土文化在進行融合。這個階段官方系統出版的兒童文學作品，語文推廣成份重於文學表達。國語日報社、省教育會出版的作品，大概可以做為代表。民間系統的「學友」和「東方少年」則呈現濃厚東洋味，但有較豐富的本土題材。官方刊物「小學生」、「小學生學刊」乃至較後的「正聲兒童」、「新生兒童」，大體上較配合政治走向，偏重傳遞中國文化，同時也譯介不少美國的兒童文學作品。這個階段的兒童文學創作和書刊編輯方式，大體仍延襲傳統較為一板一眼的規矩方式，沒有什麼創新，之所以稱為「停滯」道理即在於此。此時期較多的作品是民間故事或古籍改寫，以及教訓意味頗濃的生活故事性童話。

二、一九六四至一九七〇年可稱為現代兒童文學萌芽期：始於台灣經濟起飛的第一年，止於中華幼兒叢書出版的那一年。一九六四年台灣經濟開始起飛，很湊巧，台灣的現代兒童文學也是在這一年開始萌芽。該年台灣省教育廳在聯合國兒童基金會支持贊助下設立「兒童讀物編輯小組」。台灣的兒童文學創作逐漸擺脫教訓主

義，在讀物編輯上敢大膽留白及採用圖片，都是從這時候開始。唯此時期的民間系統並未有明顯改變，因此這個階段只能稱爲台灣現代兒童文學萌芽期。兒童讀物編輯小組第一期、第二期計畫所推出的中華兒童叢書和中華幼兒叢書、國語日報譯介的「世界兒童文學名著」（可惜印刷欠佳）及民間的「王子」、「幼年」半月刊，可以說是此時期的代表圖書和刊物。此時期可說是譯介時期，作品則以童話爲主流。

　　三、一九七一至一九七九年可稱爲現代兒童文學成長期：始於一九七一年台灣省教育廳國校教師研習會開辦「兒童讀物寫作班」（這一年也正好是中華民國退出聯合國），止於一九七九年台灣各縣市正式開始進行籌建文化中心（該年元旦美國正式跟中華民國斷交）。籌建文化中心，象徵台灣已開始走向另一個新的發展階段。這是台灣對外關係挫折期，也是台灣的轉型期。就在七〇年代這段期間，台灣的經濟、社會開始起結構性變化。此時台灣新文化已逐漸孕育而成並向外擴散，本土化的意識也隨著對外關係的挫折而迅速滋長。這個時期的台灣兒童文學，最值得重視的是在台灣受完整教育的年輕一代，開始成爲兒童文學創作、編輯的第一線尖兵，他們不但是現代台灣兒童文學的開拓者，同時也是台灣新文化的傳遞者。而或許是此時期新創刊的「兒童月刊」、「小讀者」都是由新生代所編輯、經營的刊物，不論在行銷和編排都展現充分創新，是七〇年代台灣兒童文學發展最具代表性的刊物。七〇年代台灣企業經營起創新變革，跟留美學生在此時期陸續回台灣服務多少有些關聯。而如從兒童文學創作來看，此時期可說是童詩的蓬勃期。不論是創作量或創作人口，童詩都是居於領先的地位。而且迄今爲止，台灣兒童文學唯一較具「軍容」的，也是童詩。帶領台灣兒童文學

開步走（成長期）的，是童詩而不是童話，這是值得我們觀察的。
它可能跟台灣現代詩的發展有關係，但應不是唯一的。

　　四、一九八〇年以迄於今，此階段可稱為現代兒童文學爭鳴
期，也是幼兒文學的活絡時代：始於一九八〇年高雄市兒童文學寫
作學會正式成立這一年。這個階段的台灣兒童文學發展特色約有六
端：一是兒童文學社團紛紛成立；二是大企業介入兒童圖書出版市
場；三是幼兒文學發展特別蓬勃；四是民間專業兒童劇團開始萌
芽；五是台灣海峽兩岸兒童文學開始交流；六是新的電子媒介九〇
年代逐漸展現影響力。

　　在兒童文學社團方面，除了地方性的「高雄市兒童文學寫作協
會」率先成立外，全國性的「中華民國兒童文學學會」是在一九八
四年成立，隨後台北市、台灣省也都有兒童文學社團成立。大陸政
策開放後，更有「中國海峽兩岸兒童文學研究會」成立（一九九二
年）。社團代表一群相同理念者的結合，社團紛紛設立，多少表示
「爭鳴」的意味。因此，八〇年代，台灣兒童文學以成為大競爭的
年代，不但有理論與詮釋的競爭，而且更有市場的大競爭。由於八
〇年代台灣的兒童圖書市場已臻於成熟，導致大財團也開始介入，
最著名的如永豐餘財團、聯合報系財團，而在台灣解除戒嚴後，連
外商－－日本福武書店，也介入台灣幼兒圖書市場的競爭。正由於
大財團的介入，台灣兒童圖書出版業在八〇年代，逐漸演變為資
本、技術（包括行銷技術）密集的行業。這對台灣兒童文學發展影
響到底如何？還有待觀察。

　　幼兒文學在八〇年代之所以成為台灣兒童文學最耀眼的明星，
說來還是市場的因素。一方面幼稚園階段沒有升學的壓力；一方面
父母重視幼兒的起步教育，而且也有經濟的餘力。台灣幼兒文學市
場的競爭，表現在兩方面，一是刊物，不但有綜合的刊物，也有專

類的刊物（九〇年代創刊的「親親自然」及「小小牛頓」都是科學類的幼兒刊物）；一是套書，有成套向國外購買版權翻成中文的，有台灣自己規化編輯的。由於市場活絡的關係，加上信誼基金會設立幼兒文學獎的帶動，使台灣的兒童文學作家、插畫家，幾乎很少不曾涉入幼兒文學創作的。這種發展趨勢，相對的也使其它部分的兒童文學，減緩發展腳步。七〇年代的童詩熱潮到八〇年代中後期可說已被幼兒文學熱潮所取代。

　　也是屬於兒童文學範疇的兒童劇，到了八〇年代也有了突破性的發展，那就是年輕一代藝人勇敢走出來組織以娛樂性、藝術性為訴求的專業兒童劇團，擺脫傳統兒童劇團作為制式教育的工具－－尤其是民族精神教育的工具。也唯有到民間專業兒童劇團成立了，台灣兒童文學發展才可說全面進入「現代」的領域。何以民間的兒童劇團到八〇年才發展開來，這是有多方面因素的。最重要的還是市場需求，由於劇團維持費用龐大，而帶兒童觀劇又遠比為兒童購書更處於消費的週邊，在消費市場需求不大的情況下，民間劇團是難以維持的。台灣經濟環境與消費能力真正有大幅度的改善正好也是在八〇年代以後，也即一直到八〇年代台灣才具備較成熟的專業兒童劇團發展空間。在這之前，台灣兒童劇的推動，政府一直辦演火車頭的角色。

　　除了市場需求因素外，兒童劇的發展也牽涉到人才的問題。在這方面，台灣現在的民間兒童劇團無疑的是受到「雲門舞集」成立（一九七六年）以及「蘭陵劇坊」成立（一九七八年）的影響。前者開啟藝術本土化的訴求，後者則為台灣的實驗劇坊樹立新里程。導致各種實驗劇坊如雨後春筍般紛紛設立。由於社會對「雲門舞集」、「蘭陵劇坊」的肯定，鼓舞年輕一代的舞劇工作者，也勇於嘗試組織兒童劇團，台灣的現代兒童劇團就是在這種情況下發展起

來的。八〇年代後期以至九〇年代，行政院文化建設委員會，更是資助兒童劇團下鄉巡迴演出，為兒童劇發展推向高潮。可惜迄今為止，好的劇本仍然不多，由此也可以想見兒童文學發展不是一朝一夕的事。

至於海峽兩岸兒童文學得以產生交流，主要是台灣宣布解嚴與開放之後。由一九七八年下半年大陸政策開放起，短短數年至一九九〇年年底，從較具聲望的老出版公司，如光復、牛頓、東華、英文漢聲、遠流等，到新成立的公司，如富春、孩子王等，在在都出版過大陸作家的兒童圖書，而報刊雜誌，如民生報兒童版、小狀元雜誌也刊登不少大陸作家的作品。牛頓出版社的「故事大王」和「童話大王」兩本雜誌，初期更是全部來自大陸。依目前發展的情形來觀察，兩岸兒童文學的交流其實是不對等的交流，因為台灣採用中國大陸作家、畫家的作品多，中國大陸採用台灣的作品少。這種現象的造成，固然是由於兩岸的經濟發展不同，但是最根本的原因還是出於台灣出版商想降低成本。長久繼續發展下去，對台灣兒童文學創作生機是有相當影響的。八〇年代台灣政治開放的結果，竟然也使台灣的兒童文學，面臨類似台灣企業界所憂慮的困境－－對中國大陸形成依賴。這個與其說是巧合，不如說是市場定律下無可避免的結果。而除了圖書出版交流外，進入九〇年代民間也成立了「中國海峽兩岸兒童文學研究會」（九二），積極推動兩岸的兒童文學交流與研究工作。

電腦影響各行各業已是大家普遍可以感受到的事實。早期的電腦對圖畫、聲音（語音、音樂和音效）、動態影像處理技術不夠，而儲存的軟、硬體技術也有待解決。因此，對出版業的影響大體只限於編排作業居多，八〇年代後期資訊界進入所謂多媒體時代。圖、音、影像的技術，都可在個人電腦上(ＰＣ)實踐，而ＣＤ－Ｒ

ＯＭ又解決了儲存的問題，加上光纖傳輸技術的突破大幅提升資訊傳遞的速度和容量。這些在在促使電子出版走上活絡，同時也使傳統圖書以紙張和印刷機爲依賴的時代，邁向以磁碟片、光碟片和電腦爲依賴的非書電子時代。資訊業爲台灣十大產業之一，當然也反應此種趨勢。不過台灣兒童圖書出版業似乎反應較爲遲緩。直至一九九三年十月法蘭克福舉行電子書展前後，業界才有較明顯的投入趨向。一九九三年十一月中華民國兒童文學學會年會舉辦「兒童文學與電子媒體新展望」討論會，或可視爲反應此電子出版潮流的象徵。較大的兒童圖書出版業漢聲、光復、以及信誼、乃至於新學友等都已介入或正著手介入。新的電子媒介多媒體出版品雖不至完全取代傳統兒童圖書，但無疑的電子兒童圖書將成爲九〇年代的新寵。

　　總之，一地區的兒童文學發展，常常牽涉到社會環境（政經、教育體制等）、兒童文學工作者（作家、插畫家、編輯、理論研究者等）的素質，和市場成熟度（圖書期刊出版量、國民所得、文化消費指數、圖書館普及率、版權保護程度等）等因素。

　　台灣是自由經濟的社會，自由經濟基本定律是生產取決於市場需求（供應法則）。而兒童文學生命寄託所在的兒童圖書或期刊，是性質非常特殊的產品。一方面它的購買決定者常不是消費使用者；一方面它並不是生活必需品。也因爲兒童圖書期刊具有這樣的屬性，使得它處於消費的週邊，通常是大人有經濟餘力，才會考慮到它的消費。因此，一個民間經濟不發達的社會，兒童圖書市場是難以活絡的。兒童圖書市場不活絡，也等於兒童文學創作無出路，無出路，好的人才自然不會投人。台灣兒童文學早期主要帶動力量在官方系統，道理也是在此。

　　市場跟經濟發展程度、消費人口及技術（編寫、畫、行銷）有
非常密切的關係。台灣經濟發展起飛據學者的研究是在一九六四年
（次年美援停止），但究竟到什麼時候才有較成熟的兒童圖書市場
環境呢？可從幾個角度來觀察。首先是國民所得，台灣平均個人所
得是在一九七六年才躍過一千美元大關；一九八〇年逾兩千美元，
一九八八年逾五千美元（五五一二美元），一九九三年逾一萬美
元。顯然台灣是到八〇年以後，人民才有較高的所得可供支配。而
從民間消費結構來看，「娛樂消遣、教育及文化服務」也一直到一
九七九年才躍過百分之十。

　　其次，我們可從國小圖書館普及率來觀察，因為小學圖書館本
身即是兒童圖書的消費者，它的普及對兒童圖書市場有擴充的作
用。根據中華民國國立中央圖書館的調查，一九七九年台灣地區兩
千四百多所小學，有圖書館的不到10％，但到一九八五年則達70％
以上。此項數據，更明確顯示台灣是進入八〇年代以後，兒童圖書
市場才比較成熟。此一推論也可從幼稚園的增加獲得佐證──台灣小
學校數在一九四六年有一一三〇所，到一九六三所即逾二千所，一
九七七年逾二千四百所後即無甚增減（一九九二年為二五〇九
所）。小學是義務教育，校數增加是配合人口增加，因此小學校數
遠不如小學圖書室普及率更能反映經濟意義。幼稚園則由於不歸屬
教育體制，大部分均為私人興辦，收費也不低，而且多以圖書及遊
樂設備等來作為招生號召，幼稚園數的增加，本身即是反映一種經
濟需求。台灣的幼稚園（不包括托兒所），由早期一九五〇年的二
八所（全部公立），到一九七九年躍愈千所，一九八六年則已遽增
到二三九六所，幾近小學校數，一九八七年則超過小學校數，一九
八九年二五五六所達於高峰後下降，至一九九二年共有二四二〇所
（公立七一六所，私立一七〇四所）。從幼稚園數來看，也是在一

九八〇年代增加幅度最大。而此一數據也最能說明民間的經濟活力，一九八九年日本福武書店也到台灣投資，創刊中文版幼兒雜誌「小朋友巧連智」月刊正是看好台灣幼兒圖書市場的明證。因此從經濟面來觀察，台灣真正有比較成熟的兒童圖書市場是在八〇年代以後。

再從消費人口來看台灣的兒童圖書市場，台灣的總人口在一九四六年是六百萬多一點，一九四九年由於國民政府遷台，人口躍成七百多萬，此後一直到一九五八年才逾千萬大關，一九七二年逾一千五百萬，一九八九年逾兩千萬。如以兒童圖書消費人口主力所在的小學生和幼稚園生來看，小學生在學人數是在一九五二年才滿百萬，一九六二年滿二百萬，一九六六年逾二百三十萬，一九七一年達二百四十五萬的高峰後，以後各年大約維持在二百二十萬到四十萬左右（台灣人口政策生效，以致小學生人數不再增加）；幼稚園生則一直到一九七一年才滿十萬，一九八三年逾二十萬以上，一九八七年逾二十五萬高峰後又下降，一九九二年為二十三萬一千多。其實光從人口這一項來看，台灣跟日本或韓國就無法相匹比——日本總人口一億二千多萬，韓國四千二百多萬；學校及在學人數，日本有幼稚園15,115家，幼稚園生2,041,820人，小學24,901所，小學生9,872,502人(1988)，韓國有幼稚園10,520家，幼稚園生575,110人，小學6,335所，小學生4,809,959人(一九九一年一月)；亦即從消費人口來看，台灣兒童圖書市場是太「小」了，而兒童圖書又不像其他產品，可以拓展外銷市場來彌補國內市場的不足。因此，兒童圖書消費人口少是台灣兒童文學發展的一項先天困境，影響到台灣兒童圖書的製作成本和兒童文學創作發展。台灣兒童圖書消費市場狹小的困境一直到政府和民間有了充分經濟活力才獲得紓解。即使如此，如以國民所得來換算比較，台灣目前的兒童圖書售價依然偏高，原

因即是市場有限，各項成本分攤相對增高了。早期台灣經濟未起飛的年代以及經濟起飛後的年代，兒童圖書有很大比例是來自翻譯或改寫，如從市場消費人口來觀察，應很容易獲得理解。而台灣地區戒嚴解除後，不少出版社急著到中國大陸找「貨」源，最主要的動機還是在降低成本。其背後的因素即消費市場太小。這是觀察台灣兒童文學發展不可忽略的地方。

　　市場消費能力大小取決於經濟環境，經濟環境改善，消費能力自然提昇，消費能力提昇相對又會要求改善品質，改善品質最後又可幫助佔有市場，這是市場與技術的環節關係，也即技術提昇本身即反映著市場需求。因此從兒童圖書出版學技術的革新，也可判斷經濟發展狀況與兒童圖書市場需求，進而判斷兒童文學發展程度。台灣早期的兒童圖書印製比較粗糙、不講究編排、內容有許多是來自翻譯或改寫，跟早期台灣製造的產品相彷彿。就現代產品開發、行銷的觀點來看，這種階段幾乎無所謂的技術可言。然而技術的成長，牽涉到資金與人才的問題。台灣的兒童文學創作技巧和編輯理念，跟傳統有比較大幅度的提昇，是在一九六四年以後，一九六四年是台灣經濟開始起飛的第一年，這一年台灣省教育廳在聯合國兒童基金會資助下設立了「兒童讀物編輯小組」，聘請專家來台指導。一九六五年編輯小組開始推出第一期中華兒童叢書，把它拿來跟當時台灣所有的兒童圖書相比較，不論是版本、版面編排、印刷以及文字創作、插畫製作等，無一不具革命性的創新。因此台灣兒童文學起帶頭創新的是官方系統（事實上，當時的民間也無此能力。）民間系統的革新，一直到七〇年代，也即台灣經濟起飛六、七年以後才具體出現。很有意思的，民間革新的最先發動者是一群留美的學生，他們為回饋家鄉，集資在國內創辦了一本兒童刊物「兒童月刊」（一九七二年五月創刊）。為了創刊，他們不但發行

試刊號〇期（一九七二年二月），而且舉辦座談，把美國企業的行銷技術和兒童刊物編輯理念引進，並且特別重視兒童的感受與反應。當時給台灣兒童文學帶來革新的示範作用。另外也在一九七二年五月同時創刊的「小讀者」，創辦人是政治大學新聞學系的教授張任飛，編輯則是大學剛畢業的年輕新生代，雖然版本仍是典型的三十二開本，但是內容與編排方式，尤其是紙張與印刷方面（該刊所特別強調的），都跟以往的兒童刊物有很大的差異，這兩本兒童刊物都是台灣民間兒童文學革新、展現活力的代表。也唯有到此時，台灣才真正全面邁入現代兒童文學的時代。（按：本文所謂的台灣「現代」兒童文學，係相較於「傳統」兒童文學而言的用語，含有現代化的意思，跟歷史分期所用的「近代」、「現代」、「當代」意涵不同。）

　　關於兒童文學創作人才的培育，台灣一直到七〇年代才有具體的行動。一九七一年台灣省教育廳國校教師研習會，首次開辦「兒童讀物寫作班」（為期一個月），調訓對兒童文學創作有興趣的國小教師（以後幾乎每年都舉辦）。這一措施跟成立「兒童讀物編輯小組」一樣，都影響著台灣現代兒童文學的發展。編輯小組開啟台灣進入現代兒童文學的先河，寫作班為台灣培養現代兒童文學的創作人才。然而對台灣現代兒童文學創作起推波助瀾作用，也對兒童文學創作人才培育有重大貢獻的，還是兒童文學獎的設置。台灣第一座兒童文學創作獎，是一九七四年設立的「洪建全兒童文學創作獎」，它是由台灣大企業家國際牌電器公司董事長洪建全所撥款設置。台灣兒童文學創作比較活絡，並且引起社會的重視就是從這個時候，也即七〇年代的中期開始的。它反映了台灣經濟發展已累積相當成果，可為台灣的兒童文學發展提供新的空間，而此時期留學生陸續回國，也加速了催化作用。

　　台灣地區的兒童文學雖然已進入爭鳴期，但就兒童讀物的品質問題，仍有下列常見的幾個現象：

　　1.高價位套書。

　　2.虛浮風尚。

　　3.一窩風主義。

　　4.非專業化傾向。

　　5.缺乏民族風格的作品。

而其健全發展之道，有賴：

　　1.品質管制。

　　2.理論支援。

　　3.兒童圖書館的普及。

　　4.正確的消費觀念。

　　5.兒童文學從業人員社經地位的肯定。

　　而以上所謂的發展之道，更有賴提昇兒童文學研究水準。又其提昇之途在於：

　　1.建立完整的資料中心。

　　2.修正、建立一套完整的兒童圖書分類制度。

　　3.整合成立全國性兒童讀物研究學會。

　　4.學術與企業結合推動各項兒童文學基礎研究。

　　5.教育當局宜更重視兒童文學。

　　是凡學術研究，必須有基礎資料與基礎據點。而臺灣的兒童文學，既無資料中心，亦無研究據點，是以兒童文學無法生根。無法生根，則不易獲得教育行政及學校體系的支持。如果能將兒童文學理論，研究方法和兒童文學學術研究納入大專院校有關學系之課程；並由教育行政機構支持研究經費，推行系統性的研究工作；並有計劃將中國古典文學作品改寫成為兒童文學作品；收錄目前仍流

傳的口傳俗文學，或收集國外兒童文學作品，進行比較研究，對於提昇兒童文學水準和學術研究風氣，必有相當的助益。

　　兒童文學要成為學術研究，勢必要寄存於學府。而寄存之道，雖可納入有關科系選修課程，但皆不如立身於師範院校。

　　總結以上所述，可知提升兒童文學的學術研究，進而於師院設立兒童文學研究所與現代工商企業合作，培育與兒童文學及其相關領域之政策規劃、行政領導、課程發展、教學與創作等具有專長學養及知能的中堅專業人才，並養成從事兒童文學與相關領域學術研究之中、高層專業人員。

　　而本校自七十六學年度起改制師院，即以「兒童文學」做為系發展的重心與特色（見附錄一）。其間，除出版東師語文學刊、東師語文叢書外，並不斷舉辦有關兒童文學學術研討會，並於八十學年度起成立「兒童讀物研究中心」，而現有「國民教育研究所」中亦設有「兒童文學群」，其用心與目的，無非是為籌設「兒童文學研究所」，並進而籌建完整的「兒童圖書館」，使台東師院成為兒童文學研究的重鎮。

　　總之，就本校籌設兒童文學研究所一事，可說萬事具備，只欠臨門一吹的東風。

貳、本所未來發展方向與重點之規劃：

　　本所設立旨在延續語文教育系長期以來的努力與耕耘，使其成為台灣地區兒童文學研究的重鎮，進而成為華文世界的研究中心。

　　因此，在發展方向首重兒童文學史料的整理，且台灣本土地區者為優先。所謂文學史料，較寬廣的說法，凡是能用來作為文學史相關研究的基礎資料或線索資料，都可以包括在內。如以資料的內容性質來作區隔，或可分為：作家資料、書目資料、活動資料（如

大事紀要）等三部份。本申請書僅以兒童文學作家史料爲敘述重點。

　　作家史料可說是研究兒童文學史最重要的基礎資料，整理的向度可包括作家年表、影像、手稿、著作目錄、他人評論、答訪專文、作品全集／選集等等。內容可以只是單一個別作家的，也可以是作家群體的。國立中央圖書館最近（民國八十四年四月）剛剛推出的電腦軟體「當代文學史料影像全文系統」，就是屬於作家群體的多向度史料（共收錄當代台灣作家六百餘位）。國內兒童文學界對作家史料的整理似乎不太熱衷，也不受政府有關單位的重視。台灣光復近五十年，兒童文學史料的蒐集、整理，只有一些零星的成果，而且全由民間團體或個人在推動，說來不無遺憾。在此分別就作家基本資料（包括年表、影像、手稿、著作目錄、答訪專文、他人評介等）和作家作品全集／選集這兩個不同向度，介紹坊間已整理出版的成果。而兒童文學的創作，插畫家也扮演著重要的角色，特別是在幼兒文學中，插畫家跟作家幾乎就如同爸爸和媽媽一樣，無法說是誰比誰重要。因此，兒文作家史料的蒐集、整理，也應把兒文插畫家包含在內。本文即是採取如此的觀點。

　　迄今爲止，個別兒文作家、插畫家有較完整資料見於坊間者，只有已故的王詩琅（一九〇八～八四）和楊喚（一九三〇～五四）。王詩琅曾任「學友」雜誌總編輯，他的詳細年表與著作目錄見於前衛一九九一年版台灣作家全集中的「王詩琅·朱點人合集」；另民國六十八年高雄德馨出版社出版有張良澤主編的「王詩琅全集」，其中第一卷「鴨王」、第二卷「孝子尋母」、第十一卷「喪服的遺臣」，均是兒童文學作品。楊喚爲早期兒童詩的開拓者之一，他的史料和研究，以本校林文寶教授的專著「楊喚與兒童文學」（台北：萬卷樓，民八十三年）和台灣師大國文研究所民國八

十年余翠如的碩士論文「楊喚其人及其詩研究」，資料最新也較完整。較早還有光啓社的「楊喚詩集」（民國五十三年初版，民國六十五年校訂八版）和洪範書局的「楊喚全集」（民國七十四年）。另純文學出版社民國六十五年，也特別以圖畫書的形式出版楊喚的兒童詩選集「水果們的晚會」，共收錄十八首。

除了王詩琅和楊喚外，台灣兒文作家、插畫家幾乎沒有一位有較全面性的資料被整理出來。以在兒童文學界可稱爲德高望重的林良來說，迄今未見有較完整的年表資料和作品評論資料匯編，著作目錄也不齊全（最早見於民國七十年十一月「兒童圖書與教育」雜誌第一卷第五期林良特集，其次爲邱各容民國七十九富春版「兒童文學史料初稿，一九四五～一九八九」中采風錄的林良篇，較晚近的是民國八十一年中華民國兒童文學學會編印的「兒童文學工作者名錄」，輯錄資料僅到民七十七年而已。）較特殊的是民國八十二年十月林良七十大壽，兒童文學界爲他祝壽，中國海峽兩岸兒童文學研究會籌編了兩冊祝賀文集——「林良和子敏」、「耕耘者的果樹園」（林良先生序文選集），裡面含有供研究林良的豐富史料。

此外，坊間有比較完整年表資料可供參考的個別兒文作家尙有陳千武、張彥勳（一九二五～九五）、林鍾隆（皆見於一九九一年前衛版台灣作家全集），他們都是在成人文學有顯著創作成果的作家，他們這些年表資料，都不是兒童文學界整理出來的，也因此，只能作爲研究他們的參考資料。兒童文學界，只有中華民國兒童文學學會會訊七卷四期（民國八十年八月）刊有青野重的「張彥勳先生對兒童少年文學的貢獻」，特別簡要介紹張先生在兒童文學方面的重要著作。

其次，成立完備的「兒童圖書館」。研究是一種高層次的需求，這種需求有賴於足夠圖書資料與研究人才。就圖書資料而言，

台灣尚無專門的兒童圖書館，現有附屬於一般圖書館的兒童圖書室，屬於兒童閱覽室的型態居多。除了兒童圖書外，有關專業研究用的兒童文學相關資料幾乎都不收藏。收藏專業研究用參考資料，目前以政大社會資料中心的教科書與兒童教育資料室，及信誼基金會的學前教育資料中心及幼兒圖書館最多，但收藏仍屬有限，目前，雖有世界華文兒童文學資料館的成立。而供研究檢索用的兒童文學論文索引資料，一直未受到應有的重視。是以，本所擬就本校「兒童讀物研究中心」逐步擴充為兒童圖書館，兒童圖書館將按館藏資料的型態及用途分類如下：

一、以資料型態分：

（一）印刷資料——圖書。

——非圖書資料(雜誌、報紙、圖片、小冊子、地圖、掛圖等)。

（二）非印刷資料——影片、幻燈片、錄音帶、錄影帶、唱片、投影片等視聽資料。

（三）其他——縮影資料、光碟、玩具等。

二、以用途區分：

（一）兒童圖書資料——一般館藏（可流通館外的兒童讀物及其他資料）。

——參考館藏（供館內閱讀的參考工具書）。

（二）有關兒童的圖書資料（供成人讀者利用為主）。

（三）專業館藏（供專業人員或研究者利用）。

又其發展重點除側重文學史料之收集與研究之外，並擬訂研究與創作並重。除學理研究之外，更需要將兒童文學理論應用於創作、編輯上，進而成立創作坊、駐校作家，以收理論與實際並重之

效。

參、本所之課程規劃：

本所課程規劃為三群－－歷史、論述、文學與作品。

一、歷史：

必　　修　　課　　程				選　　修　　課　　程			
課程名稱	學分數	授課年級	任教教師	課程名稱	學分數	授課年級	任教教師
語文科課程發展史	3	一上		童年史	3	一下	
中國兒童文學史	3	一上		中國歷代的啟蒙教材研究	3	二上	
西洋兒童文學史	3	一下					

二、論述

必　　修　　課　　程				選　　修　　課　　程			
課程名稱	學分數	授課年級	任教教師	課程名稱	學分數	授課年級	任教教師
兒童閱讀心理	3	一下		兒童與書	3	一上	
				語文與兒童	3	一上	
				兒童文學理論	3	一下	
				文學與哲學	3	一下	
				兒童文學的批評與實踐	3	二上	
				兒童與思考	3	二上	
				文學社會學	3	二上	

				兒童文學與俗文學	3	二下	
				兒童文學研究方法論	3	二下	
				說故事	3	二下	

三、文體與作品

必 修 課 程				選 修 課 程			
課程名稱	學分數	授課年級	任教教師	課程名稱	學分數	授課年級	任教教師
中國兒童文學名著選讀	3	二上		圖畫書	3	一上	
西洋兒童文學名著選讀	3	二下		兒童詩	3	一下	
				兒 歌	3	一下	
				寓 言	3	一下	
				兒童戲劇	3	二上	
				知識性兒童讀物	3	二上	
				兒童故事	3	二上	
				神 話	3	二下	
				童話學	3	二下	
				少年小說	3	二下	
				名家作品研究	6-9	二下	
				其 他		二上二下	

肆、擬聘師資規畫：

一、擬聘專任師資2員，其中副教授以上者2員，具博士學位
　　者2員。

二、擬增聘師資之結構、學術背景及專長：擬增聘具西洋兒童
　　文學理論研究及創作專長之教師。

三、增聘師資之途徑與來源：公開徵選。

四、本校現有語文教育學系兒童文學領域教師4人，可供支
　　援。（詳見附錄二）

伍、本所所需之設備、圖書及增購之計畫：

一、現有該領域專業圖書：本校設有兒童讀物研究中心，藏有
　　兒童文學領域之圖書中文五千冊、外文近百冊。

二、增購圖書之計畫：八十六學年度擬增購一五○○冊，八十
　　七學年度擬增購一五○○冊。

三、所需設備及增購計畫：

需設備名稱	已有或擬購年度	概　算（元）
圖　　書	八十六學年	500,000
電　　腦	八十六學年	200,000
圖　　書	八十七學年	500,000

陸、本所之空間規畫：

一、第一、二年級各招收20名研究生，這兩年間，建築面積單
　　位學生比為47.32m^2。目前教師可由語教系支援，如依四員
　　一工之編制，本系目前仍預8位教師可供補充。

二、第三年將完成面積9850m²之教學大樓，計增加教室30間，
　　實驗室10間，會議室2間，教師休息室50間。

柒、本所與學校整體發展之評估：

　　一、師資陣容充實，兒童文學經驗豐富：本校目前為培育國小
師資之搖籃，現設有語文教育學系，其中兒童文學又為全校師院生
所共同必修，兒童文學師資陣容全省無出其右，連續主辦全國兒童
文學學術研討會及兩次全國師院生兒童文學創作獎，如今設立兒童
文學研究所，應是水到渠成之自然發展。

　　二、兒童文學研究所與現有語文教育系相輔成：語文教育與兒
童文學二者，實為一體兩面，語教系屬教育學院，兒童文學研究所
屬文學院。本省九所師院朝綜合大學發展，已是必然之勢，如今成
立兒童文學研究所也是為本校朝綜合大學發展籌備工作之一。

　　三、因應世界潮流，培育高深兒童文學研究人才：環顧國內尚
未有任何一所大學成立「兒童文學系」，而先進國家及大陸，不但
早在十餘年前就成立兒童文學系所，甚至博士班；為未雨綢繆，培
育更多高等兒童文學師資及研究人才，以免日後各校成立兒童文學
系，有師資缺乏之窘態。

　　四、兒童讀物發展到相當程度，需有以為評鑑研究之單位：兒
童文學圖書之作者多，圖書多，出版社多，讀者也多，而其間良莠
不齊，何者為優，何者為劣，須經評鑑，讓父母、教師、兒童、讀
者，有一選擇標準可依循，兒童文學研究所之成立，此為其主要職
責之一。

＜附錄一＞

兒童文學在東師（文略，原文見＜柒：相關文獻一＞）

＜附錄二＞

本校語文教育學系可供支援本所教師及其相關著作

一、林文寶教授：

1.專著

(1)1986.05　試論兒童詩教育　師專教師研究叢書　教育廳

(2)1987.02　兒童文學故事體寫作論　復文書局

(3)1988.08　兒童詩歌研究　復文書局

(4)1989.03　朗誦研究　文史哲出版社

(5)林文寶主編1989.05　兒童文學論述選集　幼獅文化事業公司

(6)林文寶、林政華編著　1989.05　兒語三百則與理論研究　知音出版社

(7)林文寶、林政華編著　1989.07　兒童歌謠類選與探究　知音出版社

(8)林文寶、林政華編著　1989.07　童詩三百首與教學研究　知音出版社

(9)林文寶、林政華合編　1989.11　古典兒童詩歌精選賞讀　富春文化事業公司

(10)林文寶專責研究人　1991.08　山地與一般地區學前兒童語文學
　　習能力之研究　委託單位台灣省教育廳

(11)林文寶主編　1991.12　認識兒歌　中華民國兒童文學學會

(12)林文寶主編　1992.05　鹿鳴溪的故事　台東師院語教系

(13)林文寶主編　1992.11　認識童話　中華民國兒童文學學會

(14)1993.03　兒童文學故事體寫作論　富春文化事業公司

(15)林文寶召集　1993.06　兒童文學　國立空中大學

(16)1994.01　兒童文學故事體寫作論　毛毛蟲兒童哲學基金會

(17)1994.05　楊喚與兒童文學　東師語教系

(18)林文寶編　1995.02　豐子愷童話集　洪範書店　台北市

(19)1995.02　兒童詩歌研究　銓民國際股份有限公司

(20)1995.04　歷代啓蒙教材初探　東師語教系

2.論文

(1)1975.04　兒童文學製作之理論　台東師專學報　第三期　1-32

(2)1981.04　兒童詩歌研究　台東師專學報　第九期　265-397

(3)1982.04　歷代「啓蒙教育」地位之研究　台東師專學報　第十
　　期　227-254

(4)1983.04　歷代啓蒙教材初探　台東師專學報　第十一期　1-
　　122

(5)1984.12　國語科混合教學釋義　海洋兒童文學　第六期　2-13

(6)1985.04　笑話研究　台東師專學報　第十三期　57-121

(7)1985.08　試談科幻小說(上)　海洋兒童文學　第八期　1-9

(8)1985.12　試談科幻小說(下)　海洋兒童文學　第九期　21-28

(9)1986.03　台東縣國民小學語文科教學現況及設備之研究　國教
　　之聲　十九卷第三期　47-51

(10)1986.04　朗誦研究(上)　台東師專學報　第十四期　5-74

(11)1987.03　修辭學的理論應用及其書目　國民教育　第廿七卷第九期　15-19　省立台北師專國民教育月刊社

(12)1987.04　從課程標準看國語科教學　海洋兒童文學　第十三期　25-34

(13)1987.04　從課程標準看國語教學　國語文學術研討會　56-64

(14)1988.04　朗誦研究(下)　台東師院學報　創刊號　49-149

(15)1988.04　楊喚研究資料初編(上)　中華民國兒童文學學會

(16)1988.05　試析「春的訊息」　台灣區省市立師院76學年兒童文學學術研討會論文集　95-102

(17)1988.06　楊喚研究資料初編(下)　中華民國兒童文學學會「會訊」　四卷三期　39-40

(18)1988.06　試論我國兒童文學史料之研究　東師語文學刊　創刊號　1-40

(19)1988.09-10　楊喚對兒童文學的見解－楊喚研究之一　台灣文藝第一一三期　8-16

(20)1989.05　試說我國古代童話　台灣區省市立師院77學年兒童文學學術研討會論文集　127-170

(21)1989.06　改編與體製　東師語文學刊　第二期　1-36

(22)1989.06　楊喚研究(上)　台東師院學報　第二期　307-410

(23)1989.07　當前我國兒童文學巡禮—兼論師專改制後兒童文學發展的方向　社教資料雜誌　第一三二期　3-7

(24)1989.10　論我國新時代兒童文學的發展　社教資料雜誌　第一三五期　1-7

(25)1989.10　楊喚的兒童詩　幼獅學誌　第二十卷第四期　122-173

(26)1990.05　試論「兒語」　東師語文學刊　第三期　121-175

(27)1990.05　七十八年度兒童文學書目　東師語文學刊　第三期
211-220

(28)1990.06　兒童戲劇書目初編─並序　幼兒教育輔導工作研討會
論文　幼教學刊第二集　95-125

(29)1991.02　釋童謠　東師語文學刊　第四期 337-400

(30)1992.02　七十九年度兒童文學書目　東師語文學刊　第四期
419-431

(31)1991.06　楊喚研究(下)─楊喚的兒童詩　台東師院學報　第三
期　61-110

(32)1991.12　台灣童謠的收集與研究　認識兒歌　22-29

(33)1992.06　臺灣民間故事書目並序　東師語文學刊　第五期
217-307

(34)1992.06　王詩琅與兒童文學的活動　兒童文學學術研討會論文
集─少年小說　297-322

(35)1992.06　謎語研究　台東師院學報　第四期 1-34

(36)1992.11　台灣地區童話論述書目並序　認識童話　156-158

(37)1993.05　師院「兒童文學」師資與課程之概況　東師語文學刊
第六期　9-64

(38)1993.06　試論台灣童謠　台東師院學報　第五期　1-70

(39)1993.06　我國小學語文教材與兒童文學之關係　台北師院圖書
館館訊創刊號　122-136

(40)1994.05　台灣「兒童文學」課程的演進　文訊　第一〇三期
18-21

(41)1994.06　王詩琅與兒童文學　東師語文學刊　第七期　118-
219

(42)1994.06　我國兒童文學課程的演進　兒童文學學術研討會論文集—兒童文學教育　1-10

(43)1994.06　師院「兒童文學」師資與課程概況(上)　中華民國兒童文學學會「會訊」　十卷三期　43-48

(44)1994.06　師院「兒童文學」師資與課程概況(下)　中華民國兒童文學學會「會訊」　十卷四期　26-29

(45)1994.10　新時代兒童文學的緣起　台東師院國教之聲　二十八卷一期　2-7

(46)1995.03　文學研究會與兒童文學運動　台東師院國教之聲　二十八卷　第三期　1-7

(47)1995.06　兒童文學的演進與展望　台東師院東師青年　三十四期　132-140

(48)1995.06　論兒童文學與教育之關係－兒童文學特性之一　台東師院語教系「東師語文學刊」　第八期　1-33

(49)1995.06　元宵夜炸寒單爺迎財神－台東民俗之一　台東師院學報．第六期　1-48

二、何三本教授：

1.專著

(1)1993.05　語文教育論集　國立台東師範學院語文教育叢書　國立台東師範學院語文教育學系出版

(2)1995.03　現代語義學　三民書局印行

(3)1995.04　幼兒故事學　五南圖書出版公司印行

2.論文

(1)1990.06　幼兒創造性戲劇活動教學與認知發展原理的運用　國立台東師院幼教學報年刊第二集

(2)1991.04　幼兒創造性戲劇活動教學與資源　台灣省教協幼教資訊第十五期

(3)1992.05　革新國小說話教學初探　國立台中師範學院主辦「八十學年度師範學院教學學術論文發表會」論文集

(4)1992.06　國小說話教學探微　國立台東師範學院語文教育學系學刊第五期

(5)1992.12　新加坡第一屆漢語語言學學術研討會紀實　華文世界

(6)1993.05　中國大陸幼兒文學理論初探　國立台中師範學院幼兒教育年刊第六期

(7)1994.05　兩岸小學語文課程識字、寫字教學比較研究　國立台東師範學院語文教育學系學刊第七期

三、洪文珍教授：

1.專著

(1)1976.02　文字的故事　新一代兒童益智叢書，文學類12　將軍出版社

(2)1976.02　書法的故事　新一代兒童益智叢書，文學類13　將軍出版社

(3)1984.06　改寫本西遊記研究－情節取捨與標題製作探究　慈恩出版社

(4)1989.05　兒童文學小說選　幼獅文化事業公司

(5)1991.01　兒童文學評論集　台東師院語文叢書2　台東師範學
院語教系

(6)1991.04　國小書法基本模式探究　蕙風堂筆墨公司

2.論文

(1)1983.05　西遊記的過場分析　台灣省東區文藝研討論文集
45-58

(2)1986.05　改寫本西遊記人物造型之比較分析－兼論忠實性與角
色強化　台東師專學報　第十四期　79-194

(3)1989.10　＜讀書指導專題＞　中華民國兒童文學學會會訊　五
卷五期

(4)1991.06　國小書法技能目標的教學法　台東師院學報　第三期
111-129

(5)1993.06　書法學習策略教學初探　國小作文寫字教學學術研討
會論文集　255-288

(6)1994.05　書法練習的回饋與校正　海峽兩岸小學語文教學研討
會論文集　229-246

四、楊茂秀副教授：

1.專著

(1)1990.12　看看我的新內褲　毛毛蟲兒童哲學基金會

(2)1992.11　討論手冊　毛毛蟲兒童哲學基金會

(3)1993.06　觀念玩具‧蘇斯博士與新兒童文學　遠流出版事業公司

(4)1994.06　毛毛蟲的思考　泰豐基金會

(5)1994.09　我是好人　毛毛蟲兒童哲學基金會

(6)1994.09　踩天地也是為了解　毛毛蟲兒童哲學基金會

2.翻譯

(1)1979.02　哲學教室（Mattew Lipman　原著）　台灣學生書局

(2)1985.12　靈靈（Mattew Lipman　原著）　王子出版社

(3)1990.06　鯨魚與鬼屋（Mattew Lipman　原著）　毛毛蟲兒童哲學基金會

(4)1990.10　思考舞台（Mattew Lipman　原著）　毛毛蟲兒童哲學基金會

(5)1990.09　哲學與小孩（Gareth B. Matthews　原著）　毛毛蟲兒童哲學基金會

3.改編、繪圖

(1)歌唱的烏龜　鳴鳳唱片

(2)故事錄音帶五卷　鳴鳳唱片

4.策畫主編

(1)1993.11　哲學教室教師手冊(上)(下)　台北市政府教育局

貳：兒文所籌備預定進度表

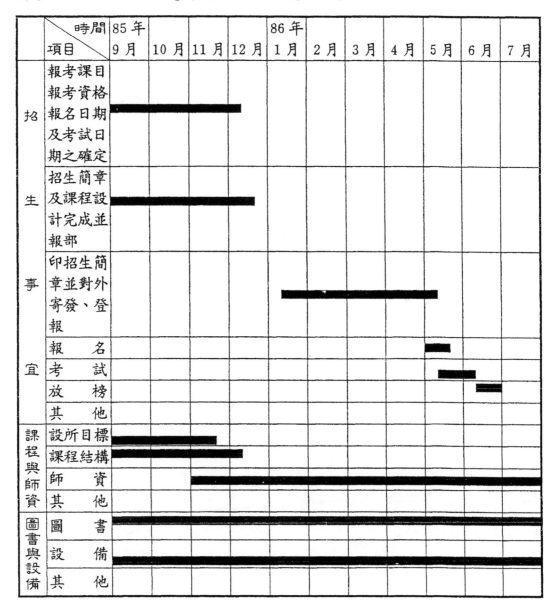

項目＼時間	85年9月	10月	11月	12月	86年1月	2月	3月	4月	5月	6月	7月
招生事宜：報考課目 報考資格 報名日期及考試日期之確定	■	■	■	■							
招生簡章及課程設計完成並報部	■	■	■	■							
印招生簡章並對外寄發、登報					■	■	■	■	■		
報　名									■		
考　試									■	■	
放　榜										■	
其　他											
課程與師資：設所目標	■	■	■								
課程結構	■	■	■	■							
師　資			■	■	■	■	■	■	■	■	■
其　他											
圖書與設備：圖　書	■	■	■	■	■	■	■	■	■	■	■
設　備	■	■	■	■	■	■	■	■	■	■	■
其　他											

參：兒文所籌備處大事記

●八十五年四月十三日

各報報紙報導教育部四月十二日開會審定八十六年度公私立大學校院增設所系班申請案，在通過複審的一百一十五案當中，有本校兒童文學研究所。

●八十五年八月十六日

教育部最速件，字號臺(85)師(二)字第八五五一五八九四號。主旨：八十六學年度師範院校申請增設系、所、班案。本校兒童文學研究所經奉報行政院核准增設並進行籌備。

●八十五年八月二十六日

校長聘請林文寶教授兼本校兒童文學研究所籌備處召集人。進行有關課程、師資、圖書儀器、設備之規畫。

●八十五年八月二十七日

籌備處召集人，簽請校長，為推展兒童文學研究所籌畫工作之推行，聘請籌備委員六人，組成籌備小組。

●八十五年八月三十日

經校長同意：

1.聘請侯松茂、吳元鴻、洪文珍、洪　固、何三本、楊茂秀等六位教授為籌備委員。

2.必要時得邀請相關人員列席。

3.歡迎自由參加。

●八十五年九月一日

與兒童讀物中心、圖書館等協商。同意將原兒童讀物中心之兒童讀物併歸圖書館，重新清點與編目，並擬將之上網路。以作為研究所籌設有關書籍設備及添購之參考。

向相關研究所索取有關資料，以作為研究所籌設之參考。

●八十五年九月一日至十二日

召集人林文寶教授夫婦籌備委員洪　固教授、吳元鴻教授等三人，偕同友人至大陸雲南、大理一帶旅遊，並考察有關文教活動與設備。

●八十五年九月六日至十四日

本校方榮爵校長率領臺灣地區師範院校教授，參與北京師範大學「第二屆兩岸小學語文課程、教材，教法學術研討會」。其間除參加研討會外，並考察有關文教活動與設備。

發布有關兒童文學研究所籌備處成立之新聞稿，並希望各界能對籌設有關之事宜提供寶貴意見。

●八十五年九月十七日

籌備處第一次籌備委員會議

參加人員：林文寶、何三本、周慶華、吳朝輝、杜明城、洪　固、侯松茂、吳元鴻

討論及決議：

1.工作分配：

　　　　課程規劃：何三本老師、洪文珍老師

　　　　考試課目：杜明城主任

　　　　設所目標：周慶華老師

　　　　報考資格：吳朝輝老師

　　　　場地規劃：候松茂老師、吳元鴻老師

　　　　宣傳工作：楊茂秀老師、洪文瓊老師

　　　　招生簡章有事事宜：洪　固老師

2.利用報刊媒體，廣徵各方面意見。

3.透過問卷調查以了解各方人士之意見。

● 八十五年九月二十三日

　　寄發問卷調查。

　　籌備處上班地點正式設立。目前除召集人之外，有工讀生一員。

● 八十五年九月二十五日

　　研究生獎助學金不再通通有獎。下學年度起私校應自籌，接受獎助者須協助工作。

● 八十五年九月二十七日

　　研究所聯招，教育部長吳京新構想。強調無意侵犯大學自主，盼各校共同思考可行性。

● 八十五年九月二十九日

　　國語日報「兒童文學」版有張子樟＜一間研究所的誕生－對「兒童文學研究」的期許＞一文。

●八十五年十月四日

　　教育部三日邀請國內師範院校校長開會,廢除九所師範學院實施
多年的課程標準。由於師範院校是國內國小師資的主要來源,廢除課
程標準除了有讓師院回歸大學法的象徵意義外,更重要的是未來各校
課程將完全自設,九校各不相同,發展各自特色。

●八十五年十月六日

　　國語日報「兒童文學」版有＜我對國內第一所兒童文學研究所的
期待＞徵稿啓事:國立臺東師院申請設立的國內第一所兒童文學研究
所,已獲教育部正式核准籌設,這是國內未來兒童文學發展的大事,
值得大家一起來關注。「凡事豫則立,不豫則廢」,我們希望大家踴
躍爲我國第一所兒童文學研究所作建言,期盼東師院在大家的關懷
下,謹慎踏出第一步。凡舉入學資格、考試科目、考試內容、開設課
程、師資聘請、發展走向,以及未來如何與國內外兒童文學界互動等
等,都可提出高見。來稿可自訂題目,文長兩千五百字左右。

●八十五年十月九日

　　高教司最速件專函:

　　85 年 10 月 2 日臺(85)高(一)字第八五五一九五三三號。

　　主旨:檢送「八十六年度大學校院增設系所（含增班）籌設情形
　　　　　審查作業原則及相關表格各乙份（加附件）。希於八十
　　　　　五年十一月十五（以郵爲戳憑）前,將籌設情形一覽表
　　　　　每案填妥五份報部,請查照辦理。

　　召開第二次籌備會議。

　　議決事項:1.設所地點定在原系圖,其他如議。

2.設所宗旨、目標，請大家提供書面資料，再由籌備
處彙整，於下次等備會上提出討論定案。

●八十五年十月十三日

國語日報兒童文學版刊登本校＜兒文學術研討會論文徵稿＞啟
事：

為落實國小語文教學與推展兒童文學，提昇人文素養，國立臺東
師院奉准於明（八十六）年三月十三、十四日兩天，舉辦「兒童
文學教育的理論與實踐」學術研討會，預計宣讀研討八篇論文。
有意願宣讀論文者，請於十月底前向東師院語文教育系預約提報
題目及大要。參與論文宣讀者，不限定師院教授或國小教師，其
他大專院校教授及民間兒童文學工作者，均歡迎參加。論文主題
可選定「閱讀指導」、「國語科教材與兒童文學」、「兒童文學
教育推廣策略」、「兒童文學教育理論」等任一項，題目自訂。
預約或洽詢電話：（○八九）三一八一八五五轉三四一。

●八十五年十月十七日

籌備處召開第三次籌備處委員會議：

會議決議：

有關考生資格限制問題。以吳朝輝教授研擬的大綱為基本討論
的架構，經由與會人員的熱烈討論之後，決議將報考資格放
寬，而不限於教育體系之中，以廣納各方人才。

經初步討論之後的考生報考資格，暫訂如下：

(一) 符合下列條件之一，並經入學考試通過者，得入學為本
所碩士班正式研究生。

1.經教育部認可之國內外一般大學畢業者。

2.師範大學或師範學院大學部畢業，實習期滿或有一年以
上之工作經驗者。

3.經教育部認可之國內外一般大學畢業，在各公私立文化
機構工作，附有服務機關同意書者，得報考在職生。在
職生的名額不得超過總錄取名額四分之一。（在職生之
最低錄取標準另訂之。）

4.具有下列資格之一者，得以同等學歷報考：

(1)公務人員高等考試，或相當於高等考試之特種考試及
格者。

(2)專科學校畢業，有三年以上（師範專科學校含實習一
年在內）之工作經驗者。

(3)修滿經教育部認可之國內外大學或獨立學院各學系規
定年限，因故未能畢業，持有修業證明書，並有二年以
上工作經驗者。

(4)以同等學歷報考在職生者（資格再議）。

(二) 有關聘請一位相關背景的教師之問題。會中決議，授權
籌備處召集人林文寶教授，聘請相關背景之人士擔任教
職。

(三) 有關呈報教育部有關本系所與學校中程校務發展計畫及
各學院（系）所業務運作及協調情形的議題。與會教授
提議可從增班、分組、兒童文學師資與其他各系交流、
與實小的交流等方面來思考。

(四) 有關考試科目的問題。初教系杜明城主任，經由「兒童

文學問卷調查統計結果」的分析，提議考試科目為：國文、英文、兒童文學概論、口試四科交由與會教授討論。會中，教授們對於要維持原提議，或是廢除口試另增一科，都有不同的意見，最後達成協議將考試科目訂為：國文、英文、兒童文學、口試。至於「兒童文學」一科的內容，再擇期詳定之。

有關兒童文學研究所籌設處之問卷，計發出五十四份，收回十八份，其統計結果如下：（問卷題目見＜柒：十九、有關兒童文學研究所籌設之問卷＞）

兒童文學問卷調查統計結果

1. 是：4　　　否：14

2. 三科：2　　四科：7　　五科：5　　六科：1

3. 國文：15　英文：13　文學概論：4　兒童文學：15　兒童發展：2　認知心理學：2　文學經驗：1　兒童文學評論或導讀：1　美學概論：5　兒童心理學：4　臺灣兒童文學：1　作家研究：3　作品研究：5　文學創作心理學：1　中國文學史：1　兒童文學創作：1　教育學：1　教育研究法：1　兒童文學史：2

4. 童詩與童話：2　童話：2　兒童戲劇：1　認知心理學：3　臺灣兒童文學：6　兒童文學創作論：12　兒童文學與多元媒體：1　兒童智能發展：1　作品研究：8　兒童文學思潮：1　兒童讀物編輯：1　兒童文學專題研究：1　兒童韻文研究：1　兒童文學史：8　西洋兒童文學：1　閱讀心理學：1　少年小說選讀：1　兒童心理學：1　兒童文學作品導讀：2　兒童文學現論：3　文藝心理學：2　兒童美學：2　國語文法探究：1　兒童文學教育：2　兒童文化：1　比較兒童文學：3　兒童文

學研究：2

5.宗旨：以童心爲本位，以作品爲基礎，建構具有臺灣特色的兒
　　　　童文學理論及史料。

目的：培養臺灣兒童文學理論人才與兒童文學系統互相激勵。

任務：厚實大專院校兒童文學教學，提供前瞻見解。

6.①研究論文除供學術界、創作界、並試圖讓「少年兒童」理解。
　②「兒童文學研究所」研究方法，固然不能背離一般文學研究
　　框架，但所有研究主軸應以「兒童」爲主。

7.多與鄰近各國之兒童文學學會合作取得經驗資料；籌備期間，
　對相關系所及社會大眾密集宣達，以廣招徠。

●八十五年十月二十日

國語日報《兒童文學》版刊登：

林武憲＜臺灣文學與文化的新希望－對「兒童文學研究所」成
立的感想和期許＞、＜我對國內第一所兒童文學研究所的期待
＞徵稿啓事。

●八十五年十月二十一日

兒童讀物研究中心開始粉刷。

●八十五年十月二十二之上午十時行政會議

　　會中語教系洪　固主任說明語教系系務會議，兒童文學研究所
籌備會議等議決兒童文學研究所、兒童讀物中心地點擬以語教大樓
一、二樓事宜，會中無異議。

●兒童讀物中心擬＜東師院「兒童讀物研究中心」籌募圖書啓事＞：

一、說明：

　　本「兒童讀物研究中心」是國立臺東師院，正式報請教育
部核准設立的單位，也是國內九所師院獨一無二的單位。
今年（八十五）教育部進一步核准東師院設立國內第一所
「兒童文學研究所」，這是東師院的榮譽，也是東師院長
長年努力推動兒童文學的教學與研究，受到肯定的結果。
研究首重圖書資料的充實，為配合兒童文學研究所的創
設，本中心決定傾全力擴增藏書，並著手建立兒童文學網
路資料庫，以使東師院能成為華文區首屆一指的兒童文學
研究重鎮。限於經費，特籲請作家、插畫家、出版家以及
關人兒童教育各界人士，發心捐贈大作或藏書，以共襄盛
舉，舉凡童書、童刊、童書錄音帶、錄影帶、光碟片或兒
文研究論著等等，不論華文或外文，均歡迎捐贈。

二、贈書處理方式：

　　1.所捐贈之童書、童刊或研究論著，本中心均逐冊加蓋「×
　　　××先生／女士」捐贈章，並將書目納入本中心網路目
　　　錄，供查詢利用。

　　2.如蒙捐贈較具典藏價值的珍本或孤本，除加蓋典藏章外，
　　　本中心將妥善保管，並列為限閱（僅在中心閱覽，不開
　　　架自由借閱）。

　　3.如大批捐書（500 冊以上者），可聯絡本中心負責裝箱寄
　　　運。運費全由本中心負擔。

　　4.所有捐贈者及其所捐贈書目，本中心網路資料庫特別書有
　　　「捐贈者名錄」及「捐贈書目」項，以供對外徵信。凡
　　　捐贈百冊以上的可加附捐贈者個人簡介（二百字左右）

及圖片（請捐贈者提供資料）捐贈五百冊以上的，除個
人簡介、圖片外，可加附捐贈者年表及著作書目一覽表
（請捐贈者提供資料）。

5.凡捐贈百冊以上的，在蓋完捐贈章，登錄編目完畢後，本
中心將連同捐贈者簡介資料，先予以展示一週再上架。
捐冊五百冊以上的，展示兩週，並舉辦感謝贈書儀式，
由學校致贈感紀念牌座。

6.捐贈者為公司或出版社等機關單位,比照個人捐書方式處
理。

7.如出版社願意長期將出版圖書寄贈,本中心除將提供新書
之出版社在網路上比照個人捐書作簡介外，所贈送的新
書將納入本中心所立的兒童文學網路資料庫「年度新
書」項，連同書影加以簡介，全天候二十四小時開放查
閱。

三、聯絡電話、地址

1.通訊地址：
臺東市中華路一段 684 號
國立臺東師範學院兒童讀物研究中心

2.電話：(089)318—855 轉 407

3.網路位址（E-mail）: http://www.nttttc.edu.tw

●八十五年十月二十三日
召開第四次籌備委員會。
決議：1.筆試：國文、英文、兒童文學、兒童學（範圍待定）
2.口試：決定錄取與否。

（筆試錄取名額是實際錄取名額的兩倍）
　　3.口試成績採淘汰制（未達標準者淘汰），再輔以筆試成
　　　績定案。

●八十五年十月二十七日

　　報載為吸引研究所碩、博士研究生到中小學任教，教育部公布修
習教育學程成績優異者准予縮短修業年限的規定，凡符合規定的碩士
班、博士班研究生都可享有這項優惠。

　　國語日報《兒童文學》版，刊登翁萃芝＜在終生學習的時代裡談
兒童文學研究所之創立＞一文。

●八十五年十一月一日

　　整理本所籌設情形一覽表，以準備報部。

●八十五年十一月五日

　　國語日報《兒童文學》版有馬景賢＜談兒童文學研究─兒童文學
資料蒐集與流通＞一文。

●八十五年十一月七日

　　發函高雄市七賢國小，商借十一月十四日辦理兒童文學研究所籌
設座談會場地。

●八十五年十一月十日

　　國語日報有《兒童文學》版有鄭如晴＜期待一所理論與創作並重
的兒童文學研究所＞一文。

●八十五年十一月十二日

教育部昨日公布八十六學年度公立大學校院籌備增設系所名單，共有八十五案准予開始進行籌設。

●八十五年十一月十七日

國語日報《兒童文學》版有楊茹美＜大家來讀兒文所＞一文。並發佈＜歡迎參與兒文所成立建言座談＞。

下午二時四十五分接受教育部臺北教育廣播電臺電話訪問。並傳真有關資料提供參考。（Fax：(02) 3752388）

●八十五年十一月二十六日

兒童日報＜校園頻道＞刊載林文寶＜我們為什麼要成立兒童文學研究所？＞一文。

●八十五年十一月三十日

於下午二時三十分至四時三十分假國語日報五樓會議室舉行座談會，聽取各方面意見。本校除主持人林文寶召集人之外，另有周慶華、洪文珍兩位老師到場。參與座談者約有七十位左右，會場熱絡。

●八十五年十二月八日

國語日報＜兒童文學＞刊登吳淑琴—＜培育兒童文學研究者的搖籃—對國內第一所「兒童文學研究所」的期待＞一文。

●八十五年十二月十三日

國語日報＜大家談教育＞版刊登王天福＜我對兒童文學研究所的建議＞一文。

●八十五年十二月十四日

　　為收集高屏地區兒童文學工作者的建言，籌備處於下午二時三十分到四時三十分，於高雄市七賢國小會議室舉辦＜兒童文學研究所籌設建言座談會＞，方校長主持。

●八十五年十二月二十日

　　臺灣日報二十七版副刊＜臺北觀點＞專欄有趙天儀＜關於兒童文學研究＞一文。

●八十五年十二月二十三日

　　十一月三十日臺北召開建言座談會記錄整理完畢。

　　上午十時五十分接受政大《大學報》研究生記者單小懿訪問。

●八十六年元月八日

　　召開第五次籌備會議。

　　會議議決考試方式與科目如下：

　　報考資格：不限科系。

　　報名時間：八十六年四月二十六、二十七（星期六、日）。

　　　　　　　親自報名或委託報名（不受理通信報名）。

　　考試時間：八十六年五月十、十一日。

　　考試科目：1.初試：筆試─國文、英文、兒童文學、兒童學。

　　　　　　　2.複試：口試。

　　附註：

　　　一、報考專業在職生者應繳交服務單位核發之「在職進修同意書」，及考生個人之「兒童文學作品或研究成果」書

面資料（以已出版或發表者爲限）。該「兒童文學作品或研究成果」列爲專業在職生類考生筆試科目之，佔一百分，是以專業在職考生初試總分爲五百分。

二、初試錄取者再參加口試。正式錄取生：筆試佔百分之七十，口試佔百分之三十。

三、兒童學分三部份：

(1)兒童心理：如《兒童心智》Donaldson 原著　漢菊德、陳正乾譯　遠流出版公司

《天生嬰才》Mehler & Dupouxh 原著　洪蘭譯　遠流出版公司

(2) 童年史：如《童年的消逝》Postman 原著　蕭昭君譯　遠流出版公司

《童年的祕密》Montessori 原著　賈馥茗主編　五南出版社

(3) 兒童文化：如《新幾內亞人的成長》Meadm 原著　蕭公彥譯　遠流出版社

《兒童遊戲》James E. Johnson 等著　郭靜晃譯　揚智文化

《傳播媒體與兒童心智發展》Greenfield 原著　陳秋美譯　信誼基金出版社

《童年沃野》Nabhan & Trimblehdh 原著　陳阿月譯　新苗文化

四、聯絡電話：(089) 318855－407, 341

(089) 330022

●八十六年元月十五日

中國時報＜開卷＞版記者董成瑜小姐電話訪問。

●八十六年元月十七日

本校總務長吳元鴻副教授(兒文所籌備委員)，於晚間九時因公為計程車所撞去逝。

●八十六年元月十九至二十九日

由語教系與兒文所共同籌組到大陸做兒童文學交流活動，由語教系主任洪固領隊。原領隊方校長由於總務長因公殉職未能領隊前行。

其間暢遊長江三峽、上海、武漢、重慶、杭州、金華、蘇州外，領隊洪主任、林文寶、吳朝輝等三位並於二十五日在重慶與西南師大學中文系王泉根教授交換未來可能的合作計劃。又二十八拜訪金華浙江師範大學兒童文學研究所。該校兒文所隸所於中文系，目前該兒文所有教師四，是大陸兒文研究的創始先鋒與重點，交談甚歡。並與該校負責學術交流的副校長談及兩校本來學術交流之可能性。全程（尤其關於學術交流部分）擬由領隊洪主任向校長做口頭報告。

●八十六年元月二十六日

國語日報＜兒童文學＞版刊載本所消息，標題：＜臺東師院兒童文學研究所入學考試正式確定了！＞。

●八十六年二月十三日

中國時報＜開卷＞有董成瑜焦點話題＜這是第一次國內成立兒童文學研究所＞一文。

●八十六年二月十五日

　　中壢市中富路三十八號三樓《桃園生活雜誌編輯部》擬介紹兒
文所。來電索取有關資料。

●八十六年二月十五日

　　早上 8:30～10:00 召開兒文所第六次籌備會。（會議內容見＜肆：
兒文所籌備處會議記錄＞）。

●八十六年二月十八日

　　教育部中教司（86 年 2 月 14 日）字號臺（86）師（二）字第八
六○一二○二七號函核定兒文所招生名額為 15 名。

●八十六年二月二十四日

　　確定招生與研討會海報。計印製 300 張。

●八十六年二月二十六日

　　印製招生簡章。

●八十六年三月三日

　　寄發招生與研討會海報。計寄出 270 張。

●八十六年三月四、五、六日

　　於《中央日報》22 廣告版刊登＜兒文所徵聘教師＞

●八十六年三月六、七、八日

　　於《中央日報》海外版刊登徵聘教師。

●八十六年三月十三、十四日

　　舉辦＜兒童文學與教育＞學術研討會。

●八十六年三月十四日

　　《民生報》39 版＜少年兒童＞版刊登＜臺東師院兒童文學研究所今年開始招生＞的消息。

　　十四日、十五日於《中央日報》刊登招生公告。

●八十六年三月十五日

　　《中華民國兒童文學學會會訊》三月號 13 卷 1 期刊載本所入學考試消息，見頁 25～26。

●八十六年四月一日

　　早上十時應邀參與「鳳凰衛星電視台」《七點現場》錄影。

　　內容：介紹兒童文學研究所與兒童文學。

　　節目長度：六十分鐘。

　　播出頻道：TV4 鳳凰頻道。

　　主持人：彭今玲。

　　地址：臺北市光復北路 11 巷 35 號 B1。

●八十六年四月四日

　　《中國時報》《開卷版》《開卷傳真》有＜臺東師院兒研所招生＞訊息。

●八十六年四月十六日

　　召開第七次籌備會議。

　　討論事項：口試事宜、教師延聘。

●八十六年四月二十二日

通知不合適延聘資格之應徵教師。

●八十六年四月二十六日
　　應徵教師面談。

●八十六年五月七日
　　召開第八次籌備會議
　　討論事項：口試事宜、教師延聘、場地規劃。

●八十六年五月八日
　　研究所考試下午二時卅分入闈。

●八十六年五月十、十一日
　　研究所考試。

●八十六年五月十二～十五日
　　研究所考試閱卷。

●八十六年五月十四日
　　召開第九次籌備會議。
　　討論事項：教師延聘、場地規劃。

●八十六年五月十九日
　　召開第二次招生委員會。
　　《兒文所》寄發複試通知及初試成績單。

●八十六年五月二十八日

複試口試。

●八十六年五月二十九日

召開第三次招生委員會。

《兒文所》放榜，榜單如下：

中華民國八十六年五月二十九日

國立台東師範學院招生委員會榜示

八十六東師院教字第 1731 號

本校八十六學年度招收兒童文學研究所碩士班新生榜示如下：

<u>一般生</u>

正取生十二名（依報名號碼先後為序）

洪美珍　馬祥來　王貞芳　蘇茹玲　林靜怡　張珮歆
林玲遠　林孟琦　楊佳惠　游鎮維　黃孟嬌　郭祐慈

備取生七名（依成績高低先後為序）

鄭丞鈞　吳聲淼　蔡雅文　汪光慧　張逸雯　陳冠如
蕭玉娟

<u>專業在職生</u>：

正取生三名（依報名號碼先後為序）

廖健雅　　陳昇群　　洪志明

備取生二名（依報名號碼先後為序）

簡淑玲　　楊琇惠

●八十六年六月一日

　　《文訊》雜誌六月號頁 81～82 刊登林文寶《答編者問－關於台東師院兒童文學研究所》一文。

●八十六年六月十一日

　　召開第十次籌備會議。

　　討論事項：課程規劃。課程規劃如下：

1.為達成本所設立之宗旨與目標，課程結構的規劃，理論與實際兼顧。除研究方法與獨立研究之外，再規劃為歷史、理論、文體與作品等三群。各學群分為必修與選修。「工欲善其事必先利其器」，是以本所研究方法列於三種學群之外，且為必修。獨立研究乃欲達到師徒制與宋朝書院師生互動之良好成效，除學業指導之外，兼具生活之導師，並帶領學生依研究志趣選定主修學程，以奠定深厚的學術研究學養。

2.依前項課程結構，碩士班學生，除論文不計學分之外，必須修足三十學分，並通過碩士論文口試，始可畢業。

3.課程結構簡圖

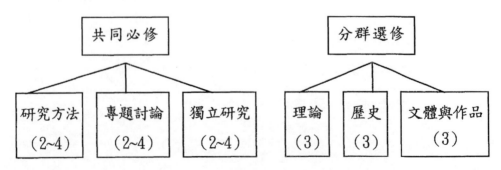

4.本所課程設計列表如下：

一、共同課程（至少六學分）

必　修　課　程				選　修　課　程			
課程名稱	學分數	授課年級	任課教師	課程名稱	學分數	授課年級	任課教師
研究方法	2-4	一			2	一下	
專題討論	2-4	一			2	一上	
獨立研究	2-4	一、二			1		
說明：1.「研究方法」擬開兩門，每學期兩學分。　　2.「研究方法」、「獨立研究」，每門至少必修兩學分。							

二、分群課程

1、歷史（至少三學分）

必　修　課　程				選　修　課　程			
課　程　名　稱	學分數	授課年級	任課教師	課　程　名　稱	學分數	授課年級	任課教師
兒童文學史	3	一下		童年史	3	一上	
				中國歷代的啟蒙教材研究	3	一上	
				語文科課程發展史	3	一上	

2、理論（至少三學分）

必 修 課 程				選 修 課 程			
課 程 名 稱	學分數	授課年級	任課教師	課 程 名 稱	學分數	授課年級	任課教師
兒童文學綜論	3	一上		兒童閱讀心理	3	一上	
				兒童與書	3	一上	
				語文與兒童	3	一上	
				說故事	3	一上	
				兒童文學思潮	3	一下	
				文學理論	3	一下	
				文學與哲學	3	一下	
				敘述學	3	一下	
				兒童文學與教育	3	二上	
				兒童美學	3	二上	
				兒童與思考	3	二上	
				兒童文學批評	3	二上	
				文學社會學	3	二上	
				兒童文學與俗文學	3	二下	
				兒童文學創作原理	3	二上	
				翻譯研究	3	二上	
				兒童文化	3	二下	
				兒童閱讀指導	3	二下	
				改寫指導	3	二下	
				兒童文學與心理學	3	二下	

3、文體與作品（至少三學分）

必　修　課　程				選　修　課　程			
課程名稱	學分數	授課年級	任課教師	課程名稱	學分數	授課年級	任課教師
作家作品論	3	二上		中國兒童文學名著選讀	3	二上	
				西洋兒童文學名著選讀	3	二上	
				圖畫書	3	一上	
				兒童詩	3	二上	
				兒　歌	3	一下	
				寓　言	3	一下	
				兒童戲劇	3	二下	
				知識性兒童讀物	3	二下	
				兒童故事	3	二上	
				作家與作品	3	一上	
				作品與出版	3	二上	
				電子書	3	二下	
				童話學	3	二下	
				少年小說	3	二上	
				名家作品研究	3	二上二下	
				專題研究	6-9		
				其　他			

說明：1.文體類型頗多，以上乃類舉而已。

　　　2.名家作品研究，可視教師專長而開授。

　　　3.專題研究，如單親家庭、死亡問題等。

●八十六年六月十六日

新生報到。十五名全部報到。

●八十六年五月二十二日

召集人林文寶教授應海峽兩岸兒童文學研究會於年會作
「兩岸兒童文學交流」專題報告。並介紹《兒文所》新生
與研究會成員認識。

●八十六年六月二十五日

《民生報》19 版《藝文新聞》介紹本所，標題《兒童文學
研究所台灣起步》。

●八十六年六月二十五日～二十七日

召集人林文寶教授參加板研會《國語科四年級上學期實驗
教材課文編選修訂會議》，並介紹《兒文所》學生四位參
與修訂會議。

肆：兒文所籌備處會議記錄

第一次籌備會議紀錄

時間：八十五年九月十九日（星期四）上午十時三十分正

地點：語文教育系系館二樓

主席：林文寶教授　　　　　　　　紀　錄：賴素珍

出席：何三本、周慶華、吳朝輝、杜明城、洪固、候松茂、吳元鴻

壹、主席報告：

一、兒童文學研究所籌備情形將於十二月底呈報教育部。

二、籌備處現聘有籌備委員七人。為集思廣益，除委員外，希望透過各種管道擴大參與。

　　(一) 借重相關教授共同參與，如杜明城主任及語教系老師。以後會議擬公開邀請全校老師共同參考。

　　(二) 問卷調查：師院老師、國小老師。

　　(三) 報章發布消息、廣徵意見。

三、初步工作分配：

　　課程規劃：何三本老師、洪文珍老師

　　考試課目：杜明城主任

　　設所目標：周慶華老師

　　報考資格：吳朝輝老師

　　場地規劃：候松茂老師、吳元鴻老師

　　宣傳工作：楊茂秀老師、洪文瓊老師

　　招生簡章有關事宜：洪固老師

貳、自由討論：

一、杜明城老師：

　　考試科目將影響該所發展走向，關係到學生日後發展及出路，因該所係屬文學研究所，文學基礎不可缺。考試科目盡量簡化，以吸收各方面人才，除國文、英文外，兒童文學概論一科專業科目便可，另加口試，以測知其對兒童文學的認知及研究的潛力。

二、周慶華老師：

　　考試科目不宜超過四科，除英文、國文外，兒童文學概論，兒童文學史可列入。而分數計算宜採四科平均，不宜設某些科目高低標準限制，唯不得零分。如考口試，則需提研究計劃。

三、吳朝輝老師：

　　口試有關說之弊，弊多於利。

四、何三本老師：

　　有關考試科目，除國文、英文、兒童文學概論外，似乎可加考兒童文學史或文學理論等科目。

五、主席：

　　今天主要的是工作分配。有關考試科目等相關事宜，我們會逐項加以討論。會後我會先進行問卷調查，以便提供各位參考。下次會議擬在十月初召開，請賴老師看看是否有各位與會老師的共同時間，以便開會。

參、散會：上午十一時四十分

第二次籌備會議記錄

時　間：八十五年十月九日（星期三）下午六時正

地　點：語文教育系系館二樓

主　席：林文寶教授　　　　　　　　記錄：周慶華

出　席：方榮爵、何三本、洪文瓊、楊茂秀、洪文珍、吳朝輝、

　　　　吳淑美、杜明城、侯松茂、吳元鴻、洪固

壹、主席報告：

1.教育部函告籌設計畫於八十五年十一月十五日報，時間很緊迫，
需要及早討論相關事宜。

2.報計畫時，設所地點是否能確定在原系圖，以利未來作業用。

貳、討論事項：

1.設所地點是否在原系圖及相關問題：

<u>討論</u>：

　方榮爵校長：本所能設立，很不容易，有勞林主任及系上老師積極
　　　　　　　籌備。

　林文寶：圖書部分填報，是否就請洪文瓊老師幫忙；相關籌設資料，
　　　　　可否請洪文珍館長幫忙上網路，讓外界可以獲知。

　吳元鴻總務長：地點大致沒有問題，需要增添設備總務處會配合。

<u>決議</u>：設所地點定在原系圖，其他如議。

2.設所宗旨與目標問題：

　<u>討論</u>：

　周慶華：所擬設所宗旨及目標（如附件），請討論。

方榮爵校長：設所目標再作具體、細部一點的規劃。

何三本：請各委員分別提出設所目標然後去蕪存菁或留下本所所
　　　　需，才確定下來。

洪文珍：何老師說會使問題複雜化，最好以現在所提案再作斟酌就
　　　　好。

楊茂秀：(1)先提的可先接受，不足的再提出補充。

　　　　(2)目標太明確，就沒有伸縮空間。

　　　　(3)培養人才，不限於創作和研究方面，還可加入教學、翻
　　　　　　譯、製作編輯……等項目。

杜明城：第一項目標不妨拆成兩項：一為培養研究與教學人才，二
　　　　為培養創作翻譯人才。

吳元鴻：宗旨部分，語文教育／兒童文學研究的關係須再確立。

楊茂秀：只強調兒童文學研究、教學、不必再牽涉語文教育，以免
　　　　受其限制。

何三本：要跳出語文教育的窠臼。

杜明城：兒童文學的研究範圍比語文教育廣，不必再提語文教育，
　　　　以免走入窄路。

吳朝輝：第一項目標：才是本所設立的目標，不妨再細分成二項，
　　　　而將原二、三項列入附帶目標。

楊茂秀：(1)「重鎮」一詞不宜，改為機構較為恰當。

　　　　(2)二、二項目標去掉後，會跟社會脫離關係。

洪文瓊：(1)說「重鎮」嫌冠冕堂皇了一點，可以考慮改詞。

　　　　(2)圖書資料究竟怎麼蒐集、處理、應先妥善規劃。

　　　　(3)第一項目標提到「理論」部分，可以再具體化一點，或
　　　　　　選擇某些重點發展。

　　　　(4)「教學」部分，可以把閱讀指導列入，不必限於語文教
　　　　　　育範圍。

(5)「翻譯」，屬廣義的創作，是否必要獨立？

(6)可以再加入電子書製作編輯、兒童圖書資料管理、插畫等研究項目。

(7)盡數包括，勢必不可能，可選擇重點發展。

楊茂秀：(1)可再加入多媒體製作。

　　　　(2)可列出階段發展目標。

　　　　(3)口傳文化部分也須重視。

洪文珍：(1)加入推廣兒童文學人才，以有別於創作兒童文學人才，然後斟酌先後問題。

　　　　(2)目標不必訂得過細，細目可在「方向」詳列。

洪　固：(1)現本校仍為師院，似乎不宜分割與語文教育的關係，只是可以把語文教育改為語文教學，較符目前情況。

　　　　(2)把目標再分出二至三項。

侯松茂教務長：二、三項目標可由系所來作，不必單獨由所來作，不妨再斟酌。

杜明城：(1)還是不要過分強調語文教育部分。

　　　　(2)目標最好列入實用性的部分，以供考生清晰認知與選擇用。

吳元鴻：(1)目標可分研究、蒐集、推廣三部分。

　　　　(2)原二、三項可合併。

　　　　(3)「教育」不必列入，因為這是研究所。

周慶華：(1)宗旨部分涉及語文教育部分，可改成「傳承兒童文學研究的經驗與開拓兒童文學研究的領域。」

　　　　(2)目標部分，再綜合老師們所提意見修改增補。

決議：設所宗旨、目標，請大家提供書面資料，再由籌備處彙整，於下次籌備會上提出討論定案。

參、散會：八十五年十月九日晚上七點三十分。

第三次籌備會議記錄

一、時間：八十五年十月十七日

二、地點：兒童文學研究所籌備處

三、主持人：林文寶教授

四、參與人員：洪固、洪文珍、洪文瓊、何三本、杜明城、
　　　　　　　吳淑美、吳朝輝、周慶華、楊茂秀等教授

五、記錄：周梅雀

會議記錄內容：

壹、方榮爵院長蒞臨說明其對於籌備的建議，並表明在經費上給予全
　　力的支持；在行政上的需求將協調各處室全力配合。

貳、主持人林文寶教授說明討論的議題，請與會者共同研議。

　　討論議題如下：

　　(一)考生資格限制問題。

　　(二)聘請一位相關背景的教師。

　　(三)呈報教育部有關本系所與學校中程校務發展計畫及各學院
　　　　(系)所業務運作及協調情形。

　　(四)考試科目。

參、討論與決議

　　一、有關考生資格限制問題。以吳朝輝教授研擬的大綱為基本討
　　　　論的架構，經由與會人員的熱烈討論之後，決議將報考資格
　　　　放寬，而不限於教育體系之中，以廣納各方人才。

經初步討論之後的考生報考資格，暫訂如下：

(一)符合下列條件之一，並經入學考試通過者，得入學為本所碩
　　士班正式研究生。

　　1.經教育部認可之國內外一般大學畢業者。

　　2.師範大學或師範學院大學部畢業，實習期滿或有一年以上
　　　之工作經驗者。

　　3.經教育部認可之國內外一般大學畢業，在各公私立文化機
　　　構工作，附有服務機關同意書者，得報考在職生。在職
　　　生的名額不超過總錄取名額四分之一。（在職生之最低
　　　錄取標準、另訂之。）

　　4.具有下列資格之一者，得以同等學歷報考：

　　　(1)公務人員高等考試，或相當於高等考試之特種考試及格
　　　　者。

　　　(2)專科學校畢業，有三年以上（師範專科學校含實習一年
　　　　在內）之工作經驗者。

　　　(3)修滿經教育部認可之國內外大學或獨立學院各學系規
　　　　定年限，因故未能畢業，持有修業證明書，並有二年以
　　　　上工作經驗者。

　　　(4)以同等學歷報考在職生者（資格再議）。

(二)有關聘請一位相關背景的教師之問題。會中決議，授權籌備
　　處召集人林文寶教授，聘請相關背景之人士擔任教職。

(三)有關呈報教育部有關本系所與學校中程校務發展計畫及各
　　學院（系）所業務運作及協調情形的議題。與會教授提議
　　可從增班、分組、兒童文學師資與其他各系交流、與實小

的交流等方面來思考。

(四)有關考試科目的問題。初教系杜明城主任，經由「兒童文學
　　問卷調查統計結果」的分析，提議考試科目為：國文、英
　　文、兒童文學概論、口試四科交由與會教授討論。會中，
　　教授們對於要維持原提議，或是廢除口試另增一科，都有
　　不同的意見，最後達成協議將考試科目訂為：國文、英文、
　　兒童文學、口試，至於「兒童文學」一科的內容，再擇期
　　詳定之。

肆、主席決議：
一、考生資格與考試科目之內容兩項，下次會議再詳加討論。
二、下次會議時間預定為十月二十三日（三）晚上六時。

伍、散會（晚上八時）

第四次籌備會議記錄

時間：八十五年十月廿三日（星期三）下午六時正
地點：語文教育系系館二樓
主席：林文寶教授
出席：方榮爵、何三本、洪文瓊、周慶華、楊茂秀、洪文珍、
　　　吳朝輝、吳淑美、杜明城、侯松茂

主席報告：

　　這次會議主要討論「考生的資格與限制」和「考生的科目與內容」
兩個議題。最近在擬聘一位有美國兒童文學博士學位的老師。請校長
講話。

方榮爵校長：籌備會已開過三次，籌備過程蠻仔細的，各界在報章雜
　　　　　　誌發表議論的文章陸續增加，可以提供我們一些思考的
　　　　　　方向，有道理的部分，可以採納，彙整後提報給學校。

討論事項：

一、考生的資格與限制問題：

討論：

　　吳朝輝：入學資格修正稿，如附件，請討論。
　　洪　固：(一)第一項第三款後註「在職生之最低錄取標準，另訂
　　　　　　　　之」，可以取消。
　　　　　　(二)第二項可刪。
　　洪文珍：第三項是針對第一項第四款說的，不能刪。

洪文瓊：以同等學力報考，不須有教育服務年資限制。

何三本：第一項第四款 B、C 經驗限定不合理，凡是以同等學力報
　　　　考，只要考得上，就該接納。

楊茂秀：同意何老師的講法，如設定門檻會產生認定上的困難。

周慶華：(一)以同等學力報考不妨加考一科：

　　　　(二)以同等學力在職生是否應另加限定？

吳朝輝、何三本、林文寶：加考科目似乎不必要。

洪文瓊：在職生考試應有別於一般生，入學後修的學分也得有限
　　　　制（延長修業年限），否則學生素質難提升。

林文寶：在職生任職滿一年以上的限定可取消，由該生的單位主
　　　　管去決定要不要給同意書。

洪文瓊：在職生資格如不限定，會有很多後遺症。

何三本：為避免後遺症，在職生報名時應先繳同意書。如走後門
　　　　進來的在職生，會造成排課的困擾。

候松茂：(一)在職生分二類有問題。

　　　　(二)現任教師應限定報名時繳同意書，切結書。

　　　　(三)最好全職生比例越來越多，才能確保水準。

洪文珍：排課不必遷就在職生。

楊茂秀：不必降低在職生最低錄取標準，但需要限制修業年限，
　　　　不得少於三年。

洪　固：入學後資格款項，可以再作調整。

洪文瓊：役男的限制可放寬，教育工作年資改為工作年資。

結論：

　　　(一)在職生修業年限不得少於三年。

　　　(二)排課以二年為主，不必遷就在職生。

(三)在職生報考資格，必須限定有服務單位同意書。

(四)以同等學力報考資格的工作年資，役男不包含服役年資。

二、考試的科目與內容問題

<u>討論</u>：

杜明城：依上次會議討論尚未決議的，再擬三個方案（如附件），
　　　　請討論。

楊茂秀：如要考第四科，不妨考「兒童學」，而不是考心理學，社
　　　　會學那些。

洪文瓊：楊老師提出第四案，加考「兒童學」可考慮。日本相關研
　　　　究所就開有這類課程，加考這一科，比較可限定範圍。

周慶華：加考第四科，可考慮三選一，科目可定為「兒童心理學」、
　　　　「文學社會學」、「文化與傳播」。

杜明城：「兒童心理學」可接受，但「文學社會學」不如「社會學」。

候松茂：口試較麻煩，最好取消；「文化與傳播」是否改考「兒童
　　　　文化傳播」。

楊茂秀：「兒童文化」目前很少人知道。「兒童心理學」限定在「兒
　　　　童」太狹隘。

吳朝輝：選科部分，可考慮加入編輯、傳播科目。

洪文珍：選科部分也可考慮美術科目。

洪　固：設考試科，也得考慮師資問題。

林文寶：我最反對第三案，它涉及到教務處作業的困擾（計算成績
　　　　很麻煩）。

洪文瓊：選科部分確實有問題，不妨選定一科就好，定為「兒童傳
　　　　播學」。

候松茂：還是定為「兒童學」比較好，但須限定範圍。

杜明城：選科部分維持原議較好。

楊茂秀：考「兒童學」已涵蓋多項科目，且能凸顯本所特色，還是
　　　　考這一科。

<u>決議</u>：

(一)筆試：國文、英文、兒童文學、兒童學（範圍待定）。

(二)口試：決定錄取與否。（筆試錄取名額是實際錄取名額的兩
　　　倍）。

(三)口試成績採淘汰制（未達標準者淘汰），再輔以筆試成績定
　　　案。

第五次籌備會議記錄

時間：八十六年一月八日（星期三）下午十八時正
地點：語文教育系系館一樓
主席：林文寶教授　　　　　　　　　記錄：周慶華
出席：方榮爵、何三本、洪文瓊、楊茂秀、洪文珍、吳朝輝、
　　　杜明城、洪固

主席報告：

　　十二月十二月在臺北、高雄各開一場座談會，聽取各界意見，希望在這次會議中能加以討論。

校長：座談會中各界提了不少意見很多，也有些可取，但最後還是要視需要作成決議，舉凡考試方式考試科目等等，都得慎重考慮，將標準辦法及所需要的人才都擬定出來。不妨也把「階段發展」部分妥為計畫，同時也得將具有電腦資訊專長的人才的吸收列入考量重點。

討論事項：

　　考試科目部分：
一、討論：筆試：國文、英文、兒童文學，是不是要考第四科？

周慶華：需要考第四科，且訂為「兒童學」，一方面有助於選擇多方面人才，二方面也可以形塑本所特色。
何三本：1.國文科最好突破既有考試內容的窠臼。

　　　2.外文,是否考慮其他語文,不限於英文。所選取人才,將
　　　　來比較有發展性。

林文寶:如考其他外文,在出題、計分上都有問題,這在上次會議中
　　　　已討論過,最好不要再列入考慮。

楊茂秀:加考第四科而以「兒童學」標目及不考第四科而把兒童文學
　　　　比例加重,兩者不妨衡量其優劣再作決定。

洪文瓊:凸出「兒童學」,固然能顯出本所未來的一個發展方向,但
　　　　也難免製造外界補習班猜題的風氣。

何三本:兒童文學已可包含兒童學,考三科而加重兒童文學比例,應
　　　　該較可行。

吳朝輝:我贊成考三科,但得在兒童文學中列入一些相關的名著,這
　　　　樣才可以測驗出學生的程度。

楊茂秀:列入名著,似乎不必,這在出題上有技術的困難。

洪文瓊:考三科,是否在兒童文學中分列文學史、類型學、心理學、
　　　　閱讀策略等等,如果有的話,就不必考第四科。

洪文珍:不論考三科或四科,在命題上應有別於各自命題的模式。

洪　固:考試科目應讓考生能清楚辨別,不要含混。在這個前提下,
　　　　我贊成考四科。並由能出題者先作說明出題的方向,再作
　　　　討論。

杜明城:如果考四科,會使本所偏向方面發展,未必是好事,所以我
　　　　贊成考三科。

楊茂秀:也可考慮,如果有考生願意加考一科外文,可優先錄取。

周慶華:只考三科,會被看輕。

楊茂秀:重在出題方式、內容,不在科數。

杜明城:兒童心理學、媒體、童年史、兒童哲學……都包含在「兒童
　　　　學」範圍內,如果在考試科目上只註明「兒童心理學」會

　　有問題。如果確定方向，不妨也加列參考書，考生才有得
　　遵循。

洪文瓊：在日本，兒童學包含對象極廣。

楊茂秀：這涉及方法論的問題及傳統的問題，此地兒童學的重點不在
　　　　「學」，而是「對象」。

周慶華：「兒童學」在所成立後，可以慢慢建構。

結論：決定考四科：國文、英文、兒童文學、兒童學。各佔一百分。
　　　其中兒童學包含兒童心理學、童年史、文化人類學、兒童與
　　　媒體、兒童哲學、兒童文化等等。並加列參考書目。詳細內
　　　容與書目議決請杜明城、楊茂秀、洪文瓊三位老師商討後決
　　　定。

二、討論口試：是否只佔百分之二十，或決定錄取與否？

結論：口試於第二階段實施，佔總分百分之三十。

附：在職進修必須檢附相關著作，佔一百分，否則不予接受報考。

第六次籌備會議記錄

時間：八十六年二月十八日（星期二）上午八時三十分
地點：語文教育學系系館一樓
主席：林文寶教授　　　　　　　記錄：周慶華
出席：方榮爵、何三本、洪文瓊、楊茂秀、侯松茂、洪固

主席報告：

1.教育部核定招生名額十五名。一般生十二名，專業在職生三名。
　可以發布海報、簡章。
2.課程規劃，目前有二個版本，待會請討論。
3.教師延聘，名額不要佔滿，系上老師到所裡兼課為主。

討論事項：

一、招生事宜：
　　　議決：如附件。
二、課程規劃：
　　　議決：下次討論。
三、教師延聘：
　　　議決：與語教系合聘。

第七次籌備會議記錄

時間：八十六年四月十六日（星期三）下午十八時

地點：語文教育學系系館一樓

主席：林文寶教授　　　　　　　　　記錄：周慶華

出席：方榮爵、何三本、洪文瓊、楊茂秀、洪文珍、杜明城、
　　　吳朝輝、吳淑美

主席報告：

　　今天討論三件事：1.口試事宜。2.課程規劃。3.教師延聘。4.筆試國文科出題方式。

討論事項：

1.口試部分：

討論：

　洪文瓊：(1)究竟是 1 對 1，或多對多？

　　　　　(2)評分公平性問題——提問內容是否須先設定？

　　　　　(3)評分標準如何定？

　　　　　(4)評分方式、過程如何？

　杜明城：(1)口試佔 30% ，在打分數時如有定上下限，影響考生錄
　　　　　　　取與否並沒多大影響，是否不定上下限？

　　　　　(2)可否考慮設二關，考問題目不同？

　洪　固：(1)評分取平均數是否可行？

　　　　　(2)時間長，口試委員是否可承受？

周慶華：(1)口試內容宜包含三部分：a.筆試部分

b.平時創作、研究成積

c.未來展望

(2)口試方式採多對一或一對一以方便為主。

(3)評分最好採合議制，較有效。

何三本：(1)多對一，可減少時間的浪費。

(2)評分採合議制可行。

(3)內容須扣緊相關領域（包括設所宗旨、個人的心得等等）。

洪文珍：(1)多對一，不一定每位口試委員都問。

(2)評分最好採合議制。

方榮爵：(1)口試以需採取什麼訊息為主要考慮，由口試委員合議決定。

(2)先列出口試試題，臨時抽測或由考生挑選都無不可，重點在考驗考生的應變能力。

林文寶：考生如有其他外語能力，也可考慮加權計分。

決議：

(1)方式：多對一

(2)評分：採合議制

(3)口考內容：原則上有一些問題的設定，其餘可由口試委員臨場提問題。

2.課程規劃部分：(略)

3.教師延聘部分：

討論：

　　林文寶：現有三個人選。

決議：通知來面談。

4.國文科出題方式部分：

討論：

　　周慶華：分二部分：寫作一篇文章，評論一篇相關的文章。

　　何三本：出一篇兒童文學作品給考生分析，再配合其他。

　　洪　　固：多方面考慮—多題目，可了解考生多方面能力。

　　杜明城：著重語文表達能力的考驗。

　　楊茂秀：語文表達能力的考驗，究竟以創型或評型為主？

　　洪文瓊：也可考翻譯短文，要點是在跟其他專業科目及本所發展
　　　　　　方向有關，如果可能的話，還是以表達、創意為主。

　　楊茂秀：容許交集，但宜有區別，也就是國文跟其他科目不宜重
　　　　　　疊。

　　杜明城：考短文評述，仍可了解其表達能力，又可了解其國文素
　　　　　　養。

　　何三本；也可考慮「撰寫」。

　　林文寶：不必測驗語文能力，當以文學寫作、批評能力的測驗為
　　　　　　主，但多少要重視一點考生的古文能力。

　　洪文珍：是否將集體命題方式？

決議：(1)考題內容：分二部分，由命題教師決定內容。

　　　　(2)命題者：以二位為原則。

第八次籌備會議記錄

時間：八十六年五月七日（星期三）下午十八時

地點：語文教育學系系館一樓

主席：林文寶教授　　　　　　　　　　記錄：周慶華

出席：方榮爵、何三本、洪文珍、吳朝輝

主席報告：

1. 上週六一位應聘教師來面談，委員們認為不合適，決定不聘。

2. 招生複試時間定在五月二十八日

3. 場地規劃：本館左側地下室及一樓給兒童讀物研究中心使用，左側二樓及右側二樓給兒童文學研究所使用，教師研究室再作安排。

討論事項：

一、複試加權計分部分：

　　1. 考生有第二外文能力，是否加權計分？

　　　決議：考生可提供，由口試委員斟酌評量。

　　2. 考生有作品是否加權計分？

　　　決議：同上。

二、場地規劃部分：

　　決議：先請人畫圖分配空間，餘如主席報告。

三、另有來應徵教師者，可否約見面談？

　　決議：如有意願，可約見面談。

臨時動議：

1.兒童讀物研究中心定位（跟兒童文學研究所、語教系、學校的關係）不明確問題，應如何解決？

2.兒童讀物研究中心所訂外文期刊五十餘種，如何讓它持續下去？還有募來的書要如何處理（以便利兒童文學研究所內外的人使用）？

3.兒童讀物研究中心所使用的空間是否應及早確定，才有利於運作？

決議：

1.資料庫可請教師及研究生幫忙建立。

2.空間如前述，整理所需費用再由學校編列。

3.餘再議。

第九次籌備會議紀錄

時間：八十六年五月十四日（星期三）下午六時正

地點：語文教育系系館一樓

主席：林文寶教授　　　　　　紀　錄：周慶華、賴素珍

出席：何三本、周慶華、吳朝輝、杜明城、洪固、吳淑美、楊茂秀
　　　洪文瓊

壹、主席報告：

今天討論兩件事：

1.教師延聘。

2.場地規劃。

貳、討論事項：

案由一：教師延聘－上週六（五月十日）面試劉鳳芯，是否決定聘請？

討論：

1.洪固主任：

受試者在美之修課情形大體不錯。

2.杜明城主任：

受面試者具有本所所需要的教育及兒童文學方面背景，相關的理論
素養（文學理論、文學訓練）也足夠，潛力佳，反應也好。其專長
及人格特質，均令人滿意。但稍欠缺心理分析、社會學理論素養。

3.楊茂秀教授：

我不認為受面試者欠缺心理分析及社會學理論素養。受面試者基礎

訓練夠、反應好，在應對上大致得體，且對一些意外的問題及現象
（如去參觀地下室，她建議做兒童劇場規劃）的觀察也算冷靜且能
表達自己的看法。對現時流行的「電子雞」也略知一些。

4.林文寶教授：

受面試者對國外兒童文學的狀況較熟悉，同時也留意到台灣兒童文
學出版狀況，曾提及想跟國內出版界合作之事。其出國前係在信誼
基金會從事兒童文學方面工作，對來本校從事兒童文學教育有很高
的意願。

決議：

　　先聘劉鳳芯為講師，兼辦所內行政，待其取得博士學位後改聘為
助理教授。

案由二：場地規劃－是否設在現在的語教系館？

討論：

　1.官總務長認為兒童文學研究所應該設在語教系館現址。

　2.學校方面表示沒有多餘時間討論其它場地。

　3.程序問題要先解決，全校應有整體的規劃。

決議：

　　維持原議（見上次會議記錄），但程序問題要先解決，繼續向學
校反應場地應有整體合理的規劃，一旦確定後不再輕易更動。至於內
部隔間部分，由林老師另請人商議決定。

散會：十九時十分。

第十次籌備會議記錄

時間：八十六年六月 11 日(星期三)下午十八時

地點：語文教育學系系館一樓

主席：林文寶教授　　　　　　　　　記錄：周慶華

出席：洪固、吳朝輝、洪文珍、杜明城、賴素珍

主席報告：

今天討論兒研所課程規劃，現有兩套課程設計（如附件），大家看看有什麼意見。基本上研究以修三十學分為準，至於必選修科目，也讓大家提供意見。

討論：

1. 配合所課程規劃，是否需要將研究生分組？

2. 必修「獨立研究」的方向如何？是否改採「專題研究」，就不限於作家作品的研究，也可包括相關的經典。如果是採用「獨立研究」，就可分個別指導和共同指導（配合兒研所發展的方向。）

3. 「獨立研究」或「專題研究」具體的規範又如何？

4. 必修課程該包括哪些？沒修過基礎課程的研究生，是否要他到大學部補修？研究方法是否應著重在實際的操作程序的演練？是否也要設一些不計學分的課程？課程是否要分初階、進階？

5. 除較特殊課程外，是否同一課程由不同人授課？

決議：

1. 待考生報到後，跟他們座談，聽聽他們的意見，然後再斟酌定案。

2. 下次會議順便檢討今年招生、考試辦法，請大家先行想想。

伍：台東師院「兒童讀物中心」籌募圖書啓事

一、說明：

　　本「兒童讀物研究中心」是國立臺東師院，正式報請教育部核准設立的單位，也是國內九所師院獨一無二的單位。今年（八十五）教育部進一步核准東師院設立國內第一所「兒童文學研究所」，這是東師院的榮譽，也是東師院長長年努力推動兒童文學的教學與研究，受到肯定的結果。研究首重圖書資料的充實，為配合兒童文學研究所的創設，本中心決定傾全力擴增藏書，並著手建立兒童文學網路資料庫，以使東師院能成為華文區首屈一指的兒童文學研究重鎮。限於經費，特籲請作家、插畫家、出版家以及關人兒童教育各界人士，發心捐贈大作或藏書，以共襄盛舉，舉凡童書、童刊、童書錄音帶、錄影帶、光碟片或兒文研究論著等等，不論華文或外文，均歡迎捐贈。

二、贈書處理方式：

1.所捐贈之童書、童刊或研究論著，本中心均逐冊加蓋「×××先生／女士」捐贈章，並將書目納入本中心網路目錄，供查詢利用。
2.如蒙捐贈較具典藏價值的珍本或孤本，除加蓋典藏章外，本中心將妥善保管，並列為限閱（僅在中心閱覽，不開架自由借閱）。
3.如大批捐書（500 冊以上者），可聯絡本中心負責裝箱寄運。運費全由本中心負擔。
4.所有捐贈者及其所捐贈書目，本中心網路資料庫特別書有「捐贈者名錄」及「捐贈書目」項，以供對外徵信。凡捐贈百冊以上的可加附捐贈者個人簡介（二百字左右）及圖片。（請捐贈者提供資料）捐贈五

百冊以上的，除個人簡介、圖片外，可加附捐贈者年表及著作書目一
覽表（請捐贈者提供資料）。

5.凡捐贈百冊以上的，在蓋完捐贈章，登錄編目完畢後，本中心將連同
捐贈者簡介資料，先予以展示一週再上架。捐冊五百冊以上的，展示
兩週，並舉辦感謝贈書儀式，由學校致贈感紀念牌座。

6.捐贈者為公司或出版社等機關單位，比照個人捐書方式處理。

7.如出版社願意長期將出版圖書寄贈，本中心除將提供新書之出版社在
網路上比照個人捐書作簡介外，所贈送的新書將納入本中心所立的兒
童文學網路資料庫「年度新書」項，連同書影加以簡介，全天候二十
四小時開放查閱。

三、聯絡電話、地址

1.通訊地址：
　臺東市中華路一段 684 號
　國立臺東師範學院兒童讀物研究中心

2.電話：(089)318855 轉 407

3.網路位址（E-mail）：http://www.nttttc.edu.tw

陸、兒文所籌備建言座談會議記錄

一、台北市

時　間：八十五年十一月三十日下午 2:30~4:30

地　點：國語日報社五樓會議廳

引言人：國語日報社副總編輯蔣竹君小姐

主持人：林文寶教授

出席者：夏婉雲、曹俊彥、周慶華、劉文雲、黃金盆、鄭秀卿、
　　　　林政華、鄭丞均、董玫君、常秀珍、周惠玲、張子樟、
　　　　黃桂蘭、汪泳河、田玉鳳、林姿秀、蔡翠苑、吳聲淼、
　　　　魏翠蓮、陳綠茵、林圓、陳正治、趙光華、江福祐、陳
　　　　麗慧、洪玉卿、馬景賢、林佩正、江世宏、林美惠、熊
　　　　召弟、趙鏡中、蕭寶枝、蔣竹君、鄭如晴、呂佩螢、賴
　　　　淑惠、林綠芬、劉梅影、鄭筱青、嶺月、陳癸林、賈文
　　　　玲、黃敏智、沈坤宏、簡淑秋、楊倉欣、范姜翠玉、洪
　　　　馨薇、鄭明進、周梅雀、賴素珍等 52 人。

會議內容記錄：

林文寶：各位與會的來賓，感謝大家來參與今天的兒童文學研究所
　　　　籌備建言座談會。今天建言會在此召開，我們是將它視為
　　　　兒童文學界的共同大事，希望大家共同來參與。更令人感
　　　　動的是，在座有許多兒童文學界的前輩也來共襄盛舉，十
　　　　分感謝！接下來我們請國語日報社的蔣小姐來為我們開
　　　　場。

蔣竹君：林教授、馬先生以及各位與會的嘉賓大家好！個人謹代表
　　　　國語日報社歡迎林教授在此舉辦兒童文學研究所的籌備建
　　　　言會，也歡迎各位來參與。因為兒童文學一直是國語日報
　　　　極力提倡的方向，因此希望透過今天的會議能讓我們為兒
　　　　童文學更盡一份心力。

林文寶：首先，各位手邊的資料是這幾個月以來籌備過程中的有關
　　　　資料。非常感謝國語日報社在它的兒童文學版在這五、六
　　　　個星期以來，讓我們發表一些朋友對於兒童文學研究所的
　　　　意見。今天發給大家的資料中，其中有一篇由我撰寫，發
　　　　表在兒童日報，是代表本所在規畫時的方向。另外，有一
　　　　份是有關兒童讀物中心募書的辦法，希望邀請各位兒童文
　　　　學界的朋友，將其創作送給本中心，或由本中心蒐購。洪
　　　　文瓊老師是我們學校的兒童讀物中心的主任，募書辦法就
　　　　是他簽准的活動。籌備處的許多活動，尤其是這次的座談
　　　　會，洪老師幫忙最多，但是今天因其有事，因此先行離開
　　　　了。

　　　　　　接下來我們介紹今天來協助的工作人員，首先洪文
　　　　珍、周慶華老師都是本所的規畫委員，另外我們也動員了
　　　　板橋研習會的朋友來幫忙。再則說明一些報考的相關事
　　　　宜。首先在報考資格方面，不做任何限制，除了三專、五
　　　　專等同等學歷報考者，必須符合教育部服務年限的規定之
　　　　外，不限科系，都可報考。另外在考試科目方面，在籌備
　　　　會中達成國文、英文必考的共識，再則是兒童文學，其中
　　　　包含兒童文學概論、中外兒童文學史，另外一科在科目名
　　　　稱達成共識暫訂為「兒童學」，基本上包括兒童心理學、

兒童社會學以及兒童生理學，其定位在於以兒童為出發點。另外則可能有口試。再則本所在報教育部時即爭取在職進修的名額，一般在職進修分為兩種，一是在考試時即有在職進修的類別；一是在進修時只能上部份的課，因此要延後修業年限。又個人將提議在職進修是真與兒童文學有關的在職進修，而此部份可能要有相關著作、工作成果的提出。

最後說明課程的設計。其中包含共同必修，一是獨立研究，二~四學分，其目的是保留古代書院師徒制的優良傳統；另一門是研究法，大約二~四學分；其他有三個學程，其一是理論，必修三個學分，其他選修。其二是歷史部份，如中外文學史，六學分。另外是文體與作品，必修六學分。總共必須修得的學分不得少於三十學分，論文除外。這是本所籌備處目前所研擬的基本架構。以下請大家踴躍提出建議、或有疑問也可提出。

馬先生：我認為兒童文學研究所應該從兒童文化的角度來考量其未來的發展，應該將兒童文學與兒童教學結合，也就是將兒童文學充分的應用於兒童教學上，這是應該加以考量的目標。另外也能讓小學教師瞭解兒童文學而能進行創作。就國外的經驗而言，如美國、日本，其現代的兒童文學作家，許多都是小學教師與圖書館員。

另外，在圖書方面應該要求精。再則在教學方面，應該與現代的傳播媒體結合使之多元化，如可將書轉化成錄音或錄影帶的方式以推廣。再則研究取向方面，無論是理論或是研究的主體應該從本土開始。

林文寶：本校語教系已有開設兒童文化的課程，由洪文瓊老師來擔任。另外兒童讀物中心，目前發展的重心即爲 CD ROM，希望將所有的圖書或兒童讀物都上網路。

嶺　月：在我從事兒童文學創作的過程中，最早即靠自我摸索，其過程相當辛苦，而自我訓練的方法是以賞析作品來。現在有一個正式的單位可以提供年輕一輩來學習，實在是他們的福氣。而現今在兒童文學的創作方面最大的困難在於作品的發表地方太少。因此希望研究所設立時能提供研究生多方面的實習園地。

來　賓：想請問貴校成立兒童文學研究所的目的爲何？是培育創作人才？或是研究人才？還是培育兒童文學應用於教育的人才？

林文寶：首先在目的方面是以學術爲主，另外教學方面也會相當重視。其中如本土資料的蒐集是最迫切要進行的，而駐校作家也是未來發展上所希望能達成的。再則我們希望研究所的發展是多方面的，其特色是依據學生與老師的興趣相互結合而發展出來的。

來　賓：兒童文學研究所的目標是否應及早訂出，好讓學生能多所選擇？例如在分組方面，是否可考慮分爲兒童文學在教學上的應用、兒童文學的批評理論以及歷史研究的方向？

林文寶：兒童文學研究所未來的發展仍是強調是朝多方面的，而其

中在師資方面我們的考量是盡量的多元化，因此妳所提供的意見，我們會審慎考慮的。

洪文珍（兒研所籌備委員）：我補充說明本所的發展目標。兒童文學主要是以文學爲主，其中包含了創造與解釋的部份。在創造的部份主要以培養作家爲主；而解釋的部份包括各類型的理論、作品分析、文學批評以及文學美學。再則推廣的部份也是大家最爲關心的，其中如教學上的應用則是師院所著重的地方。因此本所未來的發展方向是以創作、解釋和推廣爲主要的目標是相當明確的。

林文寶：謝謝洪文珍老師的補充。至於本所在發展之初即分組是不大可能的，但是會朝向多請兼任教師的方向來補充師資，使師資多元化。

來　賓：個人畢業於師大歷史系，目前服務於小學。我認爲在現今世界觀的潮流中，兒童文學研究應朝向西洋的兒童文學來發展，不知在現今貴所的師資方面，能否提供這方面的需求？至於國語科的考試取向是如何呢？是否仍著重於傳統的考題方式？抑或能創新？

林文寶：以西洋兒童文學的發展方向來說，本所的師資是相當足夠的。然而在發展世界觀的過程中，應是立足於本土然後再出發，才有著力點。至於國語科的考試應不會落入傳統的窠臼，但是也不可能以一篇作文來決定，這是太過冒險的作法，因此最後我們會加入口試來增加考試的公信力。

馬先生：世界上的兒童所面臨的問題是相同的，除了特殊地域之外，
　　　　兒童文學的國際化已很普遍了，無論是兒童文學的作家、
　　　　教學者....等等無不希望透過好的兒童文學作品，讓世界各
　　　　地的兒童相互瞭解。至於加強第二外國語是有必要的，因
　　　　為如此可以取得第一手資料，也可以透過第二外國語將研
　　　　究成果呈現於國際上，使之達到交流的作用。而其加強的
　　　　方式除了靠學校開設課程來加強之外，主要是要靠個人的
　　　　努力。

林文寶：補充說明，本所在未來英文或國文的考試方面，是以語文
　　　　能力為主，而非語文知識。

王天福：首先我想提出有關入學資格方面，我認為應該僅規定大學
　　　　畢業，但不可限定要相關科系。考試科目可否大膽點，將
　　　　國文、英文取消。兒童文學理論可多考，甚至考創作，如
　　　　果需要可以再加上口試。也就是儘量少考一些科目。當然，
　　　　我非常贊成馬先生的說法要注重第二外國語，但是可在入
　　　　學後加強。有關開課的課程方面，分組應該是可以再思考，
　　　　如分成理論、評論與創作三組。如此將來可走出一條有特
　　　　色的路。我認為兒童文學應該包括欣賞、創作與教學三部
　　　　份，而由於師院是以培育師資為主，因此小學的教育工作
　　　　者至少應具有欣賞、教學的能力。所以個人認為兒童文學
　　　　研究所應以欣賞、教學為主。

來　賓：可否在招生簡章上列出師資的專長，以供欲報考的學生參
　　　　考？

曹俊彥：個人為創作者，在創作時有些困擾，因此對台東師院成立
　　　　兒童文學研究所有些期待。首先，研究所所培育的人才，
　　　　可以是對於創作者的服務，可以研究兒童的理解、兒童如
　　　　何讀、如何看、又是如何遊戲？此種研究成果可幫助創作
　　　　者。再則，是培養一個鑑賞者與批評者，以及應用者。另
　　　　外，目前國內兒童文學的困境是在於出版業界出版的外國
　　　　作品多於國內。研究所應該要能洞悉這種情形，而透過加
　　　　強研究本土的創作，使大家重視本身的兒童文學，將有助
　　　　於這種情況的改善。而兒童的成長應該立足於本土的瞭
　　　　解，才能展望於國際。至於入學的考試，個人認為或可由
　　　　考生在入學考時，提出其未來的研究取向與計畫供研究所
　　　　的老師參考，若認為其研究有價值即錄取，並在入學後由
　　　　研究所培養其研究的能力。如此將可招收到優秀且對兒童
　　　　文學真正關心的學生。

林文寶：我並不是反對分組，但是在一個研究所的發展之初，若即
　　　　行分組會自我限制發展。因此我們會採取彈性的方式，原
　　　　則上兩人以上即可開課，而指導教授也並不一定要本校
　　　　的。

來　　賓：我是創作者，我期待兒童文學研究所是理論與創作並重的，
　　　　希望未來兒童文學研究所能朝這方面去做。至於考試的方
　　　　式，可否放寬，以作品或是翻譯品來審查，使希望在職進
　　　　修者有一條更寬廣的管道。再則我希望兒童文學研究所能
　　　　在台北設立一個分部，使北部的人能方便進修。

來　　賓：我很贊成在台北設立一個分部的意見；我也很贊成曹老師
　　　　　的看法，如果入學者事先能對自己的研究取向有所瞭解的
　　　　　話，最好能提出一份計畫書，作爲甄試的考量。

林文寶：謝謝你的建議，我們會朝這個方向努力的。

嶺　　月：我個人認爲考試科目應加入賞析的部份。因爲無論從事創
　　　　　作或理論研究，賞析是最基本的能力，也是最困難的能力，
　　　　　所以研究生應該具備這種能力。

陳正治：恭禧台東師院能成立兒童文學研究所。個人認爲兒童文學
　　　　　研究所的成立目標應該有下列幾點：一、培養學術研究人
　　　　　才。所以研究法的課程是有需要的。二、培養兒童文學實
　　　　　務人才，沒有創作經驗是很難從事文學批評。三、培養兒
　　　　　童文學教育的人才。也就是要培養具有兒童文學能力的人
　　　　　（教師），才能做好兒童文學的教學，以推廣兒童文學的
　　　　　教材。至於考試科目，我認爲國文（古文）一定要考，因
　　　　　爲中國古代的典籍就具有許多豐富的兒童文學材料，如果
　　　　　具有古文能力的話，才能吸取其中的精髓。而兒童學也最
　　　　　好要考；外文科目的考試則不應限於英文一科。最好是創
　　　　　作者的作品或成果也能列入考試的計分中。最後有關課程
　　　　　方面，個人認爲應該是開放性的，最好視需要而定。

來　　賓：我目前最大的困難是英文較薄弱，因此想請問有關這方面
　　　　　的準備方向。

林文寶：我們在考試時也希望以語文能力作為參考，因為語文能力
　　　　不足，閱讀資料時會很吃力。然而我們所強調的是考語文
　　　　能力，而非語文知識。無論如何，兒童文學它是一種語文
　　　　科目，需要具備相當的語文能力才行，否則會相當辛苦的。

來　　賓：我想瞭解在貴所的設立目標中，是否考慮在未來成立博士
　　　　班？再則個人認為在課程設計方面，研究法的部份是很重
　　　　要的。而在現今資訊流通快速的時代中，有關網路的課程
　　　　開設似乎也有其必要性。同時，不知道在社會中得到的文
　　　　學創作肯定者，是否也可列入加分的考量範圍？

林文寶：我們所說的在職進修，是希望真正與兒童文學有關的。若
　　　　是有得獎的作品，或許可以放在口試部份來計分。在此我
　　　　再說明有關的考試科目，包括：國文、英文、兒童文學、
　　　　兒童學（討論中）、以及口試。當然我們也希望考試科目
　　　　不要太多，各位提供的意見，我們會帶回去與籌備委員研
　　　　討，再作最後的定決。

來　　賓：林教授您一直提到在職進修，是不是指考生要分成兩類：
　　　　在職進修生和全職生？

林文寶：我們所說的在職進修是指在報考時即設有在職進修一類。
　　　　根據教育部的規定，在招生時可有四分之一的在職進修名
　　　　額。至於要報考在職進修的人，在考試時可繳交作品以為
　　　　評分的參考。另外，我們一般說的在職進修，是指以一般
　　　　生的身份考入研究所後，因其工作的關係不能辭職，而利

用某些時間來進修。此兩種是不同的。一種是在報考時即報考在職進修的這一類；一是以一般生的身份報考，在考取前以部份時間來就讀。但是無論是任何一種，有關修業的年限，我們會以課程的設計來控制其品質。

周慶華（兒研所籌備委員）：我補充說明，我們一致的認知是認為在職生（包括兩種）必須要修業三年，在職生應比全職生多修一年，以確保品質。

林文寶：若考生要以在職進修（包括兩類）的方法來讀研究所的話，必須在報考前徵得工作機構的同意，並取得在職進修同意書，若是一般教師必須向教育機構先行報備，在私人機關上班者也需提出機關的同意書才能就讀。

來　賓：我對於在職進修一類的考試科目不甚了解，可否再解釋清楚些？

林文寶：考試科目，無論是報考一般生或是在職進修者都是一樣的，在錄取時在職進修者可能會降低一些分數。再則其兩者區分的方式，可能會以增加作品的評審一項來加以分出成績。

王天福：我們應該給年輕人一個機會，給老人一個希望，希望考試能朝這個方向來努力。我認為報考在職進修一類者與全職生的考試不應該考同樣的考題而以不同的分數錄取，這樣做似乎有損尊嚴。應該給在職進修一類者考不同的科目，

這樣錄取分數不同才不會做比較，希望能多開些路給這些想進修的人一個希望。

林文寶：王校長的意見我們一定會慎重考慮的，至於考試的科目我們回去後會再與籌備委員們再行商議。

洪文珍：我想補充有關口試的部份。口試的方式是在我們以筆試考試之後，會挑選筆試成績在前三十名的人來進行口試，事實上口試才是決定錄不錄取的關鍵。在口試時我們會組成五個以上的口試委員聯合口試，至於實施的細節部份我們會再進一步的討論，而考試的方式事實上也還不確定。我們預計在十二月底前做出結論。

林文寶：有關今天所討論的主題都只是初步的決定，我們接下來將繼續在高雄開一場建言會，然後本所的籌備委員們將參酌這些意見以及實際的情況需求，再作成決定。

周慶華：我看大家對於在職進修似乎比較在意，在這方面如果有附著作的人，在口試時可能可以斟酌給分；如果提出研究計畫者也會列入考量。未來本所的發展考量是多方面的，希望大家要有信心。

鄭明進：我覺得研究所很重要的一件事是要整理出台灣兒童文學的發展史，而研究所之所以為研究所，應該是吸收專家、老師的智慧再加以粹練，而能青出於藍勝於藍，並且對於文學能有批判的能力。因此無論任何的考試方式，都是以考

出最好的學生為最重要。而研究生不應只是從事理論上的
研究，也應多閱讀優良的作品，應該要能理性與感性兼具。
再則，具有某一國的外語能力也是很重要的，才能直接獲
取一手資料。

林文寶：非常感謝大家的參與，我們一定會非常慎重的來辦理這個
　　　　研究所的。至於在本所成立之後，我們首先一定會出相關
　　　　的學報；再則我們會向企業界招手，因為有企業界的贊助
　　　　才能使兒童文學研究所的未來發展更加有潛力；當然我們
　　　　也希望各界能提供更多的書籍，使我們的藏書更加豐富，
　　　　也更有利於研究。最後，祝福大家身心愉快，想要報考的
　　　　人也都能如願。

蔣小姐：相信在大家今天參與了這場說明會之後，會感到十分有希
　　　　望。其中只要是林教授說明尚未決定的，都有改變的可能
　　　　性。因此今天在此舉辦兒童文學研究所的建言會的原因，
　　　　無不是希望能集思廣益，將國內第一所兒童文學研究所辦
　　　　得更切合大家的需求，尤其像個人是從事兒童文學工作的
　　　　人，更是期待它能成為一所不同凡響的研究所。

二、高雄市

時間：民國八十五年十二月十四日下午二時三十分到四時三十分
地點：高雄市新興區七賢國小會議室
主席：方榮爵校長　　記錄：吳雯莉、陳玫喜

方校長：

　　東師兒童文學研究所預定明年五月正式招生，為多方聽取建言，座談會在七賢國小籌辦，非常感謝該校的支持，同時也感謝各位熱心的參與，首先請薛校長致詞。

七賢國小薛梨真校長：

　　很高興本校有機會能夠提供場地，讓一些愛好兒童文學的學者專家齊聚一堂，共為愛好兒童文學研究所的籌設，提供寶貴意見。東師的「行銷策略」值得各校仿效，因為籌設的過程裡面，讓大家參與意見，正式成立後的走向，更會符合大眾的需求，另一方面，讓更多人了解東師辦了一所別具特色的研究所。本人很喜歡兒童文學，有幸藉此機會聆聽學習。各位對於場地有任何問題，本校工作人員都可以提供服務。最後再次感謝方校長給本校這次機會。

方校長：

　　接下來，請兒童文學研究所籌備主任林文寶教授，解說籌備的經過和大致的工作情況，和對籌備情形的預期。

林文寶教授：

　　非常感謝有此機會，更感謝方校長和薛校長的鼎力支持。本校

地處東部，設立的兒童文學研究所是台灣地區第一所，我們非常努力，用心規畫，盡可能透過報章雜誌等媒體，打出訊息，包括之前也做過問卷，希望獲得各方的看法，即使如此，我們仍嫌不夠，在台北和高雄各開一場說明會，台北在十一月底開過，反應踴躍。本次座談會的意見，將會在籌備會中提出來，作為改進。希望各位多多發言。

　　本次座談會的資料袋有兩分較特殊，一是兒童讀物中心向各界募書的廣告，目的是希望兒童讀物中心和兒童文學研究所是一體的兩面。本校語教系兒童書較他校為豐，已送至總館編目並準備上網路，但仍要向各界作家募書，各作家的著作以後成一專櫃，以利學生研究。另一分資料是本校規畫兒童文學研究所的理念，提供各位參考。有關資格限制、考試的科目、課程設計、入學資格、師資等方面，我們沒有預設立場，請各位盡量發言。

方校長：

　　請各位不吝指教，我們會彙整各方意見，依實際上可行的方式籌畫進行。本校兒童讀物中心洪主任，了解視聽、網路等設備對兒童文學影響頗大，正在多方面積極建之兒童讀物資料庫。

高雄市勝利國小汪嘉原老師：

　　從國語日報得知座談會的訊息。想知道現職教師什麼時候讀？方便我們讀？本人不在乎學位、加薪，但基本上要有工作保障。

林文寶教授：

　　政府鼓勵在職進修，在報考研究所之前要經校長核准，就讀時有兩個半天的公假，兩年半後畢業。另加，如經濟許可，也可當全

職生，申請留職停薪兩年。

屏東縣內埔國中林清泉老師：

　　建議兒童文學研究所：

　　一、理論與創作並重。課程方面請考慮加入兒童戲劇，並給予
　　　　相當分量，不但要創作，還要能演出。

　　二、兒童小說是否可擴大為少年小說。

　　三、兒童詩加以正名、定位。

林文寶教授：

　　一、所內擬招收在職進修者，真正從事兒童文學且已有著作的
　　　　作家等，自然會做到理論與實際並重。

　　二、課程方面會盡量尋找適當的師資來配合。

　　三、兒童詩的正名，可能有待學術界的研討。

涂秀田先生(沙白)：

　　手邊有「日本兒童文學」和「世界兒童文學概論」兩本日文書。
兒童文學研究所涵蓋範圍要廣博，要有世界觀、國際觀，抓住兒童
文學的本質，加以發揚。

高雄市前金國小黃秋銘老師：

　　一、畢業後現職工作權的保障。

　　二、師資的聘請棄捨高學歷，著重經驗傳承。

　　三、兒童文學要國際化，但對簡體字要考慮。

　　四、兒童文學工作者參與編教材或教科書，以避免內容教條化、
　　　　八股化。

林文寶教授：

一、課程擬開一門「作家與作品」，請當代作家授課。另一是
　　請駐校兒童文學作家來上課。

二、兒童文學應首重本土化，再放眼國際。師資的聘請會考慮
　　各具特色、專長。

三、兒童文學研究所的設立，是台灣兒童文學界的大事，希望
　　大家來參與，更則盼望有企業界的贊助。

高雄市三民家商蔡清波老師：

一、日後可開放類似四十學分班的進修機會。

二、入學考試方式，除正式考試外，也允許推薦入學。

三、研究所分組：如翻譯組，加考第二國語文；插畫組考插畫；
　　此外有創作組、理論組、戲劇組、音樂組等。

四、課程的安排可依各組性質，師資亦是。課程設計建議有世
　　界兒童文學名著，本土文學作品、原住民文學作品。

五、師資採高學歷與有創作經驗者並重。

林文寶教授：

一、四十學分班或暑期短期訓練班可行。

二、推薦入學在第二、三屆後設法做到，以便招收理想中的學
　　生。

三、分組考試牽涉因素過廣，但可能會採分群上課。

高師大郭隆興教授：

期盼兒童文學研究所是：

一、沈思的研究所：兒童文學界可以做經驗的分享，是一個可

以深思熟慮的地方。

二、方法的研究所：是個可以研討從事兒童文學方法，啟發後來者，觀念批判質疑，理性溝通的地方。

三、用專業技術人員的條例，爭取師資。

四、研究所早期可選擇重點、特色，加以發展。

五、重視潛在課程，留白課程的必要性。

六、加強電腦網路的溝通，以彌補偏僻之不足。

林文寶教授：

發給各位的資料有一篇「兒童文學在東師」，我們走過十年的時間才想籌設兒童文學研究所，是很認真在思考這件事情，郭教授所提的這些事，我們會去注意，將編目全部上網路，發展電子書。另一點，假設兒童文學研究所可以募到二千萬元基金，則可以得心應手。也許這是文人很天真的想法，但也希望透過大家的口，幫我們宣傳，可能有很多企業家願意幫忙這些事情也說不定。

涂秀田先生：

研究所初設，肚子應該要大，像海一樣什麼都容納，後來再去分門別類。請問個最簡單的問題，試問如何準備考試？

林文寶教授：

這是個最簡單的問題，卻是最務實，也是最難答覆的問題。考試分成兩階段：一是學科，一是口試。學科確定是國文、英文、兒童文學。國文、英文會以語文表達能力為測試重心，而非語文知識。另一科我們建議考兒童學、以兒童心理學、兒童生理學、兒童社會學為主。但目前後二者不可能做得到，所以可能以兒童心理學為主。

但也可能乾脆就不考。

　　第二階段爲口試，口試爲最後決定是否錄取的關鍵。初試可能錄取二十五個或三十個，口試前面的成績不論，而且口試時採四到五個同時進考場，五或六個老師考試，當然建議全程錄影。而出題者也許是我們學校的教授。至於準備方向似乎要多看本校有關教授相關的著作，這些資料可以從網路上查得到，當然老師也會參考別的資料，可能過一、二年後我們會提供這些書目。

屏師院徐守濤教授：

　　談到研究所是期待已久，今年非常高興林老師終於跨出第一步，而當然是以理論方路面的研究爲基礎，至於其它有關師資，國際交流的問題，各方面都要一步一步來做，剛開始就要他們做太多事情，覺得有一點不忍心，不過相信林老師會設想週到。目前創作上來講，對象就是孩子，究竟孩子需要的是什麼？若沒想到這一點，如何去寫出孩子需要的作品？至於今天的孩子變化相當大，各年齡層都有不同作品的需要。台灣目前的情況，兒童小說也有人稱之爲少年小說，定位到底在那兒？也頗令人費思量，因此我們研究所除了真正理論的研究之外，台灣很多作家的作品應該能好好做深入的研究，立足本土再放眼天下。不過本人倒覺得海峽兩岸兒童文學的交流，也可以多向大陸學習。此次去浙江師範大學；該校是大陸最早設置兒童文學研究所的學校，他們有些經驗可供我們參考，他們搜集的書本也相當多，如果可能是不是跟他們要一些資料、交換一些研究心得。大陸他們國際化比我們快很多，所以在每一年國際化的交流中，有很多的資料，所以我們可以跟他們學經驗、要資料。除此之外日本、英國、美國的研究經驗、研究作品，我們應多去充實。贊成考英文，而國文不要再去考老古板的東西，儘量是能力的

測量，這樣才可以找到我們需要的人才。

在兒童文學界中，眼光及心胸要寬廣，招收學生不要限制科系，只要對此有興趣，即可鑽研、深入。也希望應考的同學不要太功利，因爲兒童文學界這麼多年，大家都一直在付出而不去談功利。例如林老師在東區有關兒童文學的藏書，資料實在非常充實，屏師的我實在汗顏，也希望成立研究所後，再多充實資料以利研究，當然網路的努力更不在話下，謝謝。

林文寶教授：

考試資格沒有科別的限制，也可以同等學力報考，而二專、三專、五專都可以，只要是合乎教育部的規定。大陸目前沒有兒童文學研究所，只是隸屬中文系之下的一個重點發展科目，有其名，但規模甚小。大陸的教育大多是師徒制，值得本校研究所採行。本校明年三月將辦兒童文學學術研討會，是兒童文學界的大事，也是本校「促銷」活動的最高潮。

屏師院陸又新教授：

一、應考科目可能有「兒童學」，但目前沒有這方面專業的書。

二、兒童的語言和國小各階段該認知哪些詞彙這兩方面，可提供從事兒童文學工作者研究。

三、鼓勵非文學科系，但對兒童文學有興趣的人，拿起「兒童文學之筆」，爲兒童寫讀物。

高雄市立三民家商翁萃芝老師：

一、建議比照中山大學企管研究所有在職進修的名額，以利成人回流學習。

二、依英文能力來分組考試，以篩選各項人才。

林文寶教授：

一、將來會有在職進修，資格的限制會再討論。

二、在職進修，語文可能是衝刺的重要科目，我們會慎重考慮。

涂秀田先生：

日本研究所學生分兩種，一是專攻生（大學院生）考試入學，在規定時間內讀完既定課程，可獲得學位。另一是研究生，是推薦入學，沒有修業年限，以論文取得學位，以上供東師參考。

屏東技術學院吳淑琴教授：

一、涂秀田醫師手邊的兩本書很有系統，可翻譯出來，供兒童文學界參考。

二、研究所的發展方向可分近程、中程、遠程等內容。

三、日本研究所的大學院生，考試題目分共同題目和專門領域題目。從專門領域的答題內容，可看出考生的特長。

四、國內沒有建立兒童學的領域基礎，研究所入學考試，建議捨兒童學而改考兒童發展輔導方面的科目。

涂秀田先生：

兒童心理學涵蓋範圍廣，不適合考試。

林文寶教授：

要考兒童心理學或兒童學，或根本不考，尚無定論。

高雄市前金國小黃秋銘老師：

一、今年在職進修資格要向哪單位取得？是任教校長的核可，或是各校教評會，還是教育局主管機關？請確定。

二、同等學歷報考是否有教學經驗的限制。

林文寶教授：

一、報考簡章一定會按照屆時政府的規定加以說明。

二、同等學歷報考不需教學經驗。

高師大雷僑雲教授：

一、兒童文學缺少宣傳宏揚的人，如果想要讓本土兒童文學作品，在孩子心中存有一定價值地位，建議研究所開設「如何指導兒童閱讀兒童文學」這門課。

二、建設有號召力的本土兒童文學，以儒家思想為立足點。

三、以中國文化根柢是否深厚來考量學生。

林文寶教授：

東師有洪文珍，吳英長等老師，進行類似導讀的工作，今後會繼續。

涂秀田先生：

藉助學院的力量，將台灣的兒童文學向國際推廣。

高雄市前金國小林榮俊老師：

一、國文、英文有無高低標？加權？

二、簡章何時發售？

三、應考者準備方向？

四、口試模式？

林文寶教授：

一、語文一定會設低標。是否加權尚未討論。

二、等教育部核准下來，簡章可望一個月後發售。考試日期約
在四、五月間。

三、考題將請專人設計，會有別於傳統。

四、口試一定和主任甄試的口試有所不同，主要想知道考生的
思考模式，是否有寫作和研究的潛在能力。

中山大學龔顯宗教授：

一、口試占的比例越小越好，因其主觀性太小。

二、兒童文學史的授課，不一定要上通史，可斷代史或個體文
學史，一類一類上，或專題討論。

三、兒童文學的學術研究有待建立，例如整理歷代童謠。中國
歷代文學內的兒童文學也可例入研究計畫。

台南師院李漢偉教授：

一、保留一半名額給現職教師在職進修，以免錄取過多其他科
系的學生，以研究所為跳板等弊病。

二、建構台灣兒童文學主體性的史料、資料和理論系統，是兒
童文學研究所義不容辭的使命。

三、落實兒童文學教育和教學的銜接：兒童文學欣賞理論、創
作理論的建構和教學習習相關。

四、兒童文學要吸收各種文學理論和社會思潮。

五、兒童文學的科技整合：兒童文學和傳播、新聞、音樂、美勞和媒體關係密切，整合勢在必行。

監察院林仙龍秘書：

一、期望讓真正有心從事兒童文學創作和研究的人進入研究所。並著重研究，而非師資訓練。若兩者一定得皆有，則創作研究班和師資班兼具。

二、資源不專屬教育界，是社會國家共有，對兒童文學的發展才更有生命力。除開辦學分班、在職進修班、甚至有函授班，資源廣布社會。

方榮爵校長：

由於時間限制，各位若有任何建議，歡迎與東師聯繫，我們會選擇多數人肯定的方式進行規畫，讓兒童文學研究所，不僅形象好，實質更有內容，真正為台灣兒童文學創出一片天地。

柒：相關文獻

一、兒童文學在東師

❀賴素珍

　　「兒童文學」是師院教育的核心課程之一。雖然，在早期由於缺乏基礎資料和基礎據點，兒童文學未能成為學術研究，以致在台灣地區的發展非常緩慢且閉鎖。其後，由於寄存於學府，二年制師專、五年制師專開有「兒童文學研究」、「兒童歌謠研究」、「兒童文學研究及習作」等選修科目，其後設立的幼師科，又有選修科目「故事與歌謠」，至七十六年五年制師專改制為師院，「兒童文學」成為必修科目，使兒童文學漸受重視，再加以社會大環境的改變－解嚴、報禁解除，使得彼岸的兒童文學書籍湧進，兒童性報章雜誌爭相出版，兒童文學儼然有如顯學之勢。

　　自師專改制為學院，由原來的普師科語文組蛻變而為語文教育學系。語文教育學系的教育目標，除涵育學生使能靈活運用我國語言文字，具備擔任國民小學國語文教學能力、研究創作能力，及高度文化素養之外，並融合古今中外文學與兒童文學，以擴大其領域。秉承此一教學目標，本校語文教育學系設系後的首任系主任林文寶老師便確立了發展兒童文學教學與研究的發展方向。

　　「兒童文學」在本校的發展，要溯及二十多年前－六十一學年度，語文組始有「兒童文學」課程之開設，由林文寶老師教授。林老師從此走入兒童文學的天地，在東師、在台灣為「兒童文學」播種、耕耘，除其個人沉潛於兒童文學的研究外，並指導學生創作。在東師，由早期的《東苑》、《莘耕》，到最近的《東師青年》，都有

學生創作作品的發表，由六十一學年開課到七十九學年（八十年六月）師專時代結束，長達十九年之播種、耕耘，爲本校奠定了兒童文學發展的基礎。

　　自七十六年改制爲師院，「兒童文學」由語文組選修課程一躍而爲各學系的必修課程，其發展的基礎更爲穩固。爲強固「兒童文學」的發展，本校語教系首先由資源的蒐集開始－設立兒童讀物圖書室，收藏各類兒童圖書出版品，期望爲兒童文學的推展，提供較完整的環境。但囿於經費拮据，無法大量購置，於是向各界廣募書籍，舉凡出版社、兒童文學作家、師院老師、各縣市政府……等，均爲邀募的對象，幸運的，由於各界熱心襄助，在初期即募得許多寶貴的圖書，爲我們的起步，注入了生力。除了圖書資源的不斷充實外，爲加強學術研究發展，復於八十年七月起，經教育部核准設立「兒童讀物研究中心」，作爲推動本校「兒童文學」研究發展的基礎據點，以充實兒童文學研究資料及計劃性之專題研究，確立語教系未來的發展特色。

　　兒童讀物圖書室及兒童讀物研究中心的設置，無疑地爲本校兒童文學的發展建造了兩棟屋宇，而屋宇能否成爲殿堂，則需要更多的內容來充實，更多的建設與努力。除靜態的圖書資料的蒐集，以充實圖書室的資源外，辦理動態的學術研討會等相關活動，是帶動研究交流的最佳途徑。自師院改制，「兒童文學」漸受重視，台灣省政府教育廳爲在師院及國小推展及落實兒童文學教學，於改制後的第一年即委託省立台中師院辦理「第一屆台灣區省市立師範學院兒童文學學術研討會」，爲師院兒童文學的發展開啓一扇門。改制後的第二年（即七十七學年），經本校語教系的爭取，「第二屆的台灣區省市立師範學院兒童文學學術研討會」由本校承辦，爲了這次的活動（這是本校首次承辦此一類型的大活動），語教系全體師生盡心協

力在台東縣立文化中心做了一次完美的演出，爲期三天的研討，深獲與會者的好評；師院改隸國立後，八十、八十一、八十二學年，本校又承辦了三次的兒童文學學術研討會，爲兒童文學的研究與發展不斷的努力。

除辦理研討會，加強學術交流與探究外，著作的編寫是另一致力的方向。七十七年，林文寶老師應幼獅文化公司之邀，主編兒童文學選集論述篇，並整理出台灣地區兒童文學論述譯著書目，同時將此書目刊載於語教系出版的《東師語文學刊》第二期上（七十八年六月出版），開啓了語教系對兒童文學書目的整理工作，其後，從七十八年開始編輯「兒童文學年度書目」，刊載於《東師語文學刊》，該書目係將一年中出版的兒童文學相關書籍分爲「兒童文學論述類」、「兒童文學創作類」、「語文類」三大類，依出版時間先後編入，是研究兒童文學的極佳參考資料。「兒童讀物研究中心」成立以來，除承續兒童讀物圖書室，蒐集兒童讀物及國小用書，編輯「年度兒童文學書目」之外，並將有關兒童文學論述作爲《東師語文學刊》編輯的重點。此外，自七十七學年起，語教系開始編印【語文叢書】，亦多以兒童文學爲範疇，計有《兒童文學故事體寫作論》、《兒童文學評論集》、《台東行－兒童詩歌創作集》、《鹿鳴溪的故事》、《語文教育論集》、《楊喚與兒童文學》等種。

理論與創作並重，是兒童文學授課的方式，學生的創作發表於校內學生刊物上是最常見的方式，由早期的《東苑》、《莘耕》，到《東師青年》，均可見本校學生的創作，語文叢書之四《鹿鳴溪的故事》就是本校專科時期學生創作的選集。改制後，「兒童文學」雖爲執教者所重視，但學生創作的意願卻遠較師專時期低落，爲激勵學生創作，發掘兒童文學界新秀，語教系除於八十年、八十一年、八十二年三度受台東社教館委託承辦第五屆、第六屆、第七屆的台灣省東

區兒童文學創作獎外，更於八十二年向教育部極力爭取「師院生兒童文學創作獎」的開辦，並由本校承辦第一屆的活動，透過徵文、發表、探討、演出等各式型態的展現，期使師院生重視兒童文學的創作，為兒童文學創作更多更好的作品，第二屆的「師院生兒童文學創作獎」現正由本校兒童讀物研究中心辦理中。

　　承續以往與現在所有的努力與耕耘，日後努力的目標是籌設「兒童文學研究所」，籌建完整的「兒童圖書館」，使兒童文學研究成為台東師院的特色，使台東師院成為兒童文學研究的重鎮。要做更深更廣的探究，需要有更多的研究人才，「兒童文學研究所」是發掘及培養人才的園地，本校正規劃申請增設「兒童文學研究所」，為日後的發展規劃出藍圖。

　　「兒童圖書館」的成立，是研究發展不可或缺的一部份。其館藏資料預計規劃如下：

　一、以資料型態分：(一)印刷資料 ┌ 圖書
　　　　　　　　　　　　　　　　　└ 非圖書資料（雜誌、報紙、圖片、小冊子、地圖、掛圖等）。

　　　　　　　　　　　(二)非印刷資料－影片、幻燈片、錄音帶、錄影帶、唱片、投影片等視聽資料。

　　　　　　　　　　　(三)其他－縮影資料、光碟、玩具等。

　二、以用途區分：(一)兒童圖書資料 ┌ 一般館藏(可流通館外的讀物)。
　　　　　　　　　　　　　　　　　　└ 參考館藏(供館內閱讀的參考書)。

(二)有關兒童的圖書資料 (供成人讀者使用)。

(三)專業館藏 (供研究使用)。

目前「兒童讀物研究中心」的圖書室乃是爲日後兒童圖書館的籌建做準備。自七十六學年語教系設系，開始募集兒童圖書，八十年「兒童讀物中心」成立，致力於兒童讀物及國小用書的蒐集，近八年來，孜孜於兒童文學的路上，雖或有些許的成績，但待開墾的路尚遠，有待所有東師人共同來努力耕耘。

——本文摘自《國教之聲》84 年 3 月 28 卷 3 期，頁 40-42。

二、一間研究所的誕生
——對「兒童文學研究所」的期許

❀張子樟

　　國內的第一間「兒童文學研究所」終於獲准成立了。從明年暑假開始，將陸續有一批批有志從事兒童文學研究工作的生力軍加入研究行列。這對於一向欠缺理論研究與作品評論人手的兒童文學界來說，是一個好消息。同時學術的認定也給那些經年累月、默默從事兒童文學研究工作的人一種無上的鼓勵。

　　第一間兒童文學研究所設在台東師院，有它的特殊意義。在師院體系中，東師一直是研究兒童文學的重鎮，相關書籍資料最多，熱心兒童文學研究工作的教師也最多。這次獲准成立兒童文學研究所，可說是東師多年來努力耕耘的結果。

　　設立一間全新的研究所，主事者必須從多重角度來考量籌畫，兒研所亦不例外。檢視整個國內兒童文學研究生態，我們不妨從師資、課程設計、圖書、學生、研究走向等不同角度，來替兒研所勾勒出美好的未來。

　　國內專攻兒童文學得到最高學位的教授屈指可數。雖然東師語教系兒童文學師資不弱，但兒研所的成立有它新的目標，因此師資方面仍然可以加強。未來的研究工作應該以宏觀角度作為出發點，因此具有西方文學理論基礎的教師是不可或缺的。因為兒童文學肇始於歐美，作品量多質美，研究做得最多最好的也是歐美兒童文學界。如果能以一種取經的態度來看待歐美兒童文學，則應該首先聘請這方面的專家學者來校任教。當然，具有這樣背景的教授也必須對國內作家作

品十分熟悉，如此一來，對教學與研究才會有卓著的成效。

其次，課程設計必須掙脫傳統「兒童文學」教學的窠臼。研究所教學首重培養獨立思考能力，而獨立思考經常是博覽群書的結果，因為廣博的學習領域往往可以觸動學子的潛力。在課程方面，中外兒童文學史的回顧不可缺少，但理論與作品的比較研究也絕不能忽視。另外，社會的急速變遷同樣會影響到課程內容。單親家庭、死亡問題、兩性問題、多元文化衝擊等等熱門性的話題已經溶入現代作品中，同時也成為研究的好題材。因此，兒研所的課程設計，不能只在文學理論與語文結構方面打轉，心理學、社會學、教育學、傳播學、哲學等社會科學學門與兒童文學之間的互動，也必須納入。如此一來，課程設計才會生動實用，而且能給學生更寬更廣的學習空間。

第三，兒研所招考研究生時，主事者千萬不要有「純種」或「近親繁殖」的心態。相反的，兒研所應該張開雙手，歡迎不同學系畢業、語文程度高、又有志從事兒童文學研究工作的學子來加入。科際整合是兒研所未來的一個重要走向。當前的兒童文學工作僅僅只在文字方面下功夫而已，如果有社會科學不同背景的畢業生加入研究陣容，則將來的研究成果必定十分可觀。這些具有不同專長的學子們在兒研所這個共同交集點匯合，互相切磋，交換意見，以原有的知識背景為基礎，融入新的研究理念與方法，相信可以替兒研所做出一些成果。

第四，圖書是兒研所最重要的一環，東師的兒童文學資料蒐集相當齊全，但優良的圖書永遠不會嫌多。目前東師最欠缺的可能是理論方面的書籍，尤其是國外的理論作品（包括歐美、日本等）。雖然兒研所每年有一筆購書費，但款數不會太多，只能購買少量書籍。國內出版的作品（如理論、批評、翻譯或本土作家的作品），請國內熱心的出版社捐助。每出一批新書，就寄一套給兒研所，讓研究生能時時接觸到新的作品。

　　有了陣容堅強的師資、設計良好的課程、求知慾強的學子，再加上豐富的藏書，一間新的研究所於焉成形，緊跟著而來的是研究走向這個重大課題。宏觀的角度與科際整合也許是兒研所今後應該走的道路。本土兒童文學作品的整理很重要，理論性的探討不能缺少，國內作品與外國作品的比較應該納入，翻譯作品的研究無法規避。這些寬廣的研究主題，凸顯了兒研所的無限空間。當然，上述的研究主題必須是「小題大作」，而非「大題小作」。指導教授先細分文類（如童詩、兒歌、圖畫故事、繪本、兒童散文、兒童小說、少年小說等），再把重心擺在某一個特定的方向上。科際整合型的兒童文學研究只依賴純粹的文學理論來解說是不夠的，還必須借助部分社會學、心理學、教育學、傳播學和哲學上的論點，如此才能藉多角度的省察，達到全方位觀照的效果。

　　當然，現代的研究工作往往強調結合理論與實務，以往的純象牙塔式的研究可能不適合兒童文學研究，因為有些理論的成立與價值有賴於實務的印證。因此，兒研所必須與兒童文學界緊密結合，請他們提供相關資料與機會，讓研究生個個有實務的經驗，再加上扎實的理論訓練，必定能選擇一個最適當的研究主題。

　　東師的兒研所肩負全國兒童文學研究的重擔。兒研所的成立，我們不敢說是空前絕後，但至少目前是獨一無二的。它的未來走向是關心兒童文學發展的每個人注目的焦點。身為兒童文學工作者，我在欣喜之餘，忍不住表示一些個人看法。這些不成熟的想法並非各自獨立，而是環環相扣，相輔相成的。提出這些淺見的目的是用來拋磚引玉，希望有心人能提出更具體、更有價值的意見。

——本文摘自國語日報 85 年 9 月 29 日兒童文學版

三、台灣文學與文化的新希望
——對「兒童文學研究所」成立的感想和期許

❀林武憲

　　兒童是國家的未來；兒歌、童話是兒童啓蒙的教科書。兒童文學與兒童文物，在兒童的成長過程中，扮演著非常重要的角色，影響了社會國家的發展。這是二十世紀西方文化以兒童爲重心，並且重視兒童文學的原因。所以，「衡量一個國家的文化水準與國民氣質，兒童文學的發展與兒童讀物的品質，是主要的指標之一。」（馬景賢）從這個指標，就可以看出這個國家的未來。

　　先進國家和共產國家都很重視兒童文學，重視兒童文化，因爲文化工作應該從根本做起，從兒童做起，從影響兒童心靈的文學、讀物做起。他們體認到「沒有兒童文學的文化，不能稱爲真正的文化」。所以在大學裡，把兒童文學列入語文系、教育系、圖書館學系的課程表，有些大學甚至把兒童文學列爲共同必修課，因爲兒童文學是每一個關心下一代、關心國家未來的人不能不了解的，因此，歐美、日本，每年的碩士、博士論文，很多是跟兒童文學有關的。有些大學還附設兒童文學機構，如美國明尼蘇達大學有兒童文學研究資料館，侅亥俄瑞特州立大學設有國際兒童文學中心，德國歌德大學有法蘭克福兒童文學研究所。大陸的北京師大有兒童文學教研室，浙江師大有兒童文學研究所，四川外語學院有外國兒童文學研究所，廣州師院也有兒童文學研究室的設立。大陸的大學招收兒童文學研究生的另外還有華中師大、山東師大、東北師大等。我們台灣呢？台大、師大的中文系、國文系都沒有兒童文學課程，因此在師院教兒文學的大都是「半路出

家」、邊教邊學，有心得、有熱忱的實在很少。有的只會抄書，自己
教什麼都莫名其妙。這是台灣兒童文學發展落後，兒童讀物品質、品
管欠佳的主要原因。

　　台灣的文學界、教育界，以及一般民眾，並不重視兒童文學。現
在，我國的第一個「兒童文學研究所」就要成立了，這真是台灣文學
與文化的新希望！文學要扎根，文化要重建，觀念要改變，這是一個
契機。我們在興奮之餘，要提出一些建言，期待這個研究所的成立，
能針對台灣兒童文學發展的弱點、缺失與需要，來擬訂研究所的宗
旨、目的、任務及發展方向。

　　一個研究所的好壞，不在環境大小、房舍是否美觀，而在於學生
和教授的素質、課程的設計規畫、圖書資料是否充實，以及研究發展
的方向是否符合社會需要，能不能培養出一流的研究人才。我們分別
從學生、師資、課程等方面來探討。

　　學生方面，來源應多元化，不要有系別或相關科系的限制。無論
是中文系（國文系）、外文系、教育系、圖書館系、社會系、戲劇系
或其他科系的畢業生，只要他中外文好，對兒童文學有志趣就可以報
考。考試科目除中英文外，應考兒童文學、兒童心理學、文學概論等。
學生來源的多元化，可以讓研究生在研究的題材範圍上有更多更寬廣
的選擇空間，如兒童文學教育、比較兒童文學、單親家庭、死亡問題
等。

　　課程設計規畫方面，除了一般文學理論、兒童文學理論、作家作
品研究、台灣兒童文學史、兒童文學教育、兒童文化、兒童學、文藝
美學、傳播學、比較文學、民間文學、文藝批評學、文藝心理學、文
學鑑賞學、文學社會學、編輯出版學、閱讀學、閱讀心理學等，讓學
生能在多種概念和方法的相互衝擊下，激發出深入探索的興趣和學習
知識的整合，建立廣大的研究基礎。這些課程的設計，除了理論的探
討外，也考慮到社會的需要，希望培養研究生賞析、評論作品的能力，

以提升文學評論水準，並提高兒童文學教育的成果。

　　《二千年大趨勢》中提到，未來人們的休閒方式會有很大的改變，文學藝術的欣賞將成為主要的休閒活動之一。我們的老師大都不會分析作品，不會指導學生欣賞作品，報章雜誌上多的是印象式、感想式或應酬的評介，很少有深入的賞析、評論，這是我們兒童文學界和兒童文學教育很脆弱的一環，所以需要在課程設計方面，加強培養研究生賞析、評論的能力。

　　師資方面，東師院本來就有幾位熱心兒童文學研究的老師，發表、出版過不少有分量的論文、專著。不過，研究所還是需要再聘歐美、日本專攻兒童文學的老師，以外國的經驗和方法的訓練來彌補國內的不足。

　　圖書資料方面，儘量蒐集大陸、日本、歐美等兒童文學研究所的各項有關資料及論文。同時也蒐集、保存、整理國內的兒童文學資料，使其成為兒童文學信息資料中心。

　　至於發展方向，可以研擬短期、中期、長期發展目標，多跟兒童文學有關人員、社團聯絡合作，舉辦講座、演講會和研討會，重視台灣兒童文學作家、作品與流變的研究，建構我們自己的文學理論，聘請駐校作家等。

　　台東師院兒童文學研究所的成立，是台灣兒童文學的新希望！除了促進教育界、學術界對兒童文學研究的重視外，對於台灣兒童文學界，必定會帶來一些鼓勵與刺激。為了讓籌備工作更周延、圓滿，需要更多的有心人提出各種意見，這是我拋出的一塊磚，可做墊腳石用，大家一起來貢獻智慧和熱忱吧。希望這兒研所的設立，能播下一些理論研究和賞析評論的種子，引領帶動兒童文學的創作與兒童讀物的出版，促進台灣文學、文化和社會的發展，我們拭目以待吧。

　　　　——本文摘自國語日報 85 年 10 月 20 日兒童文學版

四、在終生學習的時代裡
一談兒童文學研究所之創立

❀翁萃芝

一、前言

欣聞台東師範學院獲准成立國內第一所兒童文學研究，內心感到無比的興奮。

國內孜孜不倦從事兒童文學工作者不在少數，這些成員部分為國小教師，經由語教系及早期師專語文組的啟蒙，產生興趣，而後從事創作。另有一部分則由台灣省板橋教師研習會兒童文學寫作班出身。成員經由短期訓練，投入兒童文學的創作。更有部分作家並非國小教師，而是基於個人興趣，馳騁在兒童文學的領域裡，其創作成效亦斐然可觀。民間更和大陸兒童文學作家來往，相互觀摩、討論作品。近幾年來，各縣市政府、國語日報社，及各種基金會、社團，不斷的舉辦各種有關兒童文學寫作訓練班，聘請知名的兒童文學作家現身說法、親自指導後進。這些都對國內兒童文學寫作的風氣，有推波助瀾的功效，也是開拓國內兒童閱讀視野的首要功臣。國內畫家和兒童文學家相互合作，更將兒童文學作品推向世界兒童文學的舞臺上，亦屢獲獎。

筆者基於兒童文學研究所的成立，將為兒童文學的創作與研究再創另一個高峰，於喜悅之餘，希望結合「終身學習」及「本土化」的理念，提出幾點建言，希望能有助益於兒童文學研究所之成立與發展。

二、入學資格——鼓勵回流學習

在終身學習的理念下，我們應歡迎更多成人，有循環式的生命
計畫型態。亦即成人工作一段時日後，於恰當時機，回到學校進修充
電，然後重新出發，這是一種人力資源的再開發。

多數的兒童文學家在歷經多年的創作之後，可能需要回流到研究
所進修，如果以一般研究所注重記憶式的考題進行測驗，可能不是很
恰當。也許將阻絕知名的成年、中年及老年兒童文學家回流到學習的
循環圈中再學習、再出發的機會。所以，建言兒童文學研究所的招生
辦法中，應採計個人著作、已發表之兒童文學作品，或研究論述予以
加分；甚至目前已擔任兒童文學寫作之教學工作者，應採計其工作年
資予以優待。讓迫切需要進修之兒童文學家，或兒童文學教育工作
者，有參與學習進修的機會。

三、學位之設置——兼顧理論與創作

國內外美術研究所的碩博士學位，均區分為創作組或理論組。部
分學生專攻藝術作品之創作；另一部分學生則鑽研藝術史或藝術理論
之研究。個人認為兒童文學研究所頗適合走這樣的路線。依學生的興
趣及能力，部分鼓勵創作更多優秀的、本土化的兒童文學作品；有些
則鼓勵鑽研兒童文學的創作理論、史料研究及結合國內外兒童文學
家，研究發展未來兒童文學的走向，並建立國內兒童文學發展之雄厚
的理論基礎。

甚至畢業生有興趣者，歷經一段時日後，仍可回流續修雙碩士學
位。學位只是一種鼓勵，重點是兒童文學界建立起持續循環式的學習
精神。除了常保童心，浸淫於兒童文學的領域外，積極學習、時時充
電，將傲視其他學術研究領域。

四、課程之設計——兼顧本土與先進

在兒童文學的領域中，因爲歐美各國發展與研究時日甚早，創作頗多優良兒童讀物。其精湛多樣之內容、插畫技巧、出版品質各方面均超越國內甚多，很值得我們效法研究。甚至，國外知名作家也常常發誓，終其一生願意爲兒童寫作一本精采的兒童讀物，作爲回饋社會、回報兒童的心願。有些作者還親自爲自己的兒童文學作品畫插圖。其盡心盡力爲兒童奉獻的精神，令人感動。

但是，除了研究先進國家的兒童文學發展以作爲「他山之石」外，兒童文學研究所更應努力研發本土化的兒童文學。我們要讓兒童在閱讀鄉土的文學作品上，了解自己的家鄉，喜愛自己的文化。我們不希望兒童只知道小紅帽、醜小鴨，而不知道什麼是媽祖婆、千里眼。我們在安徒生童話中，很明確的感受到北歐的風土民情及當時的社會習俗。我們希望未來有一天，全世界的兒童都能閱讀到台灣兒童文學家創作的兒童文學作品，也感受到我們特殊的風土民情及我們的文化習俗。這是一種世界村的多元文化交流，讓我們的兒童文學創作，也能在世界兒童文學的園地中佔有一席之地。

所以，希望兒童文學研究所於課程規畫時，能兼顧效法學習先進國家的優點，並努力研發本土性的兒童文學，爲當代開創更新的兒童文學發展里程碑。

五、師資之聘請——多元而彈性

我們希望經過兒童文學研究所洗禮的碩士，在研究及創作時有強烈的學術理論爲後盾。因此，在師資上希望能聘請國內外專攻兒童文學研究，且具有學術地位者，指導研究生嫻熟學術研究的方法，接受學術殿堂的薰陶。但是我們更希望部分的師資是來自有實務經驗的兒

童文學作家，以著作審核取得講師資格，而不拘學歷。甚至可以做到理論組與創作組師生交流，可師可生，亦師亦友，正符合韓愈＜師說＞所云：「聞道有先後，術業有專攻」。而且，以著作審核資格更是鼓勵兒童文學作家「自我導向學習」的最佳途徑。早期兒童文學作家的自學輔導也可以獲得深度的肯定。

六、結論

　　今日的兒童是明日國家的棟梁，能為兒童開啓智慧、潛移默化者，以兒童文學為最。兒童文學研究所的成立是政府照顧兒童的最佳寫照，也是台灣文明高度發展的明證。我們在歡欣鼓舞之餘，真心希望兒童文學研究所能首開國內研究所多元入學管道的風氣，營造終生學習的理念；在兼顧理論與創作、本土與先進，及師資多元而彈性的理想下，吸收更多有志為兒童奉獻的人，進入兒童文學的領域中，為台灣的兒童文學界開拓出更璀璨、更亮麗的明天。

——本文摘自國語日報 85 年 10 月 27 日兒童文學版

五、談兒童文學研究
——兒童文學資料蒐集與流通

❀馬景賢

　　九月底，兒童文學學會組織了一個日本兒童文學之旅，到東京、京都、奈良和大阪，走馬看花逛一趟。但給我印象最深的不是京都古刹，而是在臨上飛機前，在匆匆忙忙中參觀的「大阪國際兒童文學館」。我心裡一直在想，我們要有這樣的一個館該多好！

　　最近在「兒童文學信息」第三期看到蔣風教授設立「國際兒童文學館」的構想，計畫「先建國際兒童文學館，再設立中國兒童文化研究院，等條件許可再進一步創辦國際兒童文化大學。」不論其能否實現，就兒童文學發展過程來看，這是一條必定要走的路。

　　我想凡是關心我們兒童文學發展的，可能也都思考過兒童文學研究的問題。最近台東師院已獲准成立兒童文學研究所，這是非常讓人興奮的好消息。這雖然離成立兒童文學館等工作有些距離，但起碼在研究工作發展上走出了一步，長遠看，對我們的兒童文學發展是有幫助的。但在現有人力物力不足的情況下，為了發揮這個研究所的最大功能，必須要考慮：現在的需要是什麼？將來的需要是什麼？當然首先想到的是兒童文學研究資料的蒐集與流通問題。

　　現在是資訊泛濫的時代，新的資訊不斷的增加，要想蒐集完整實在不可能，兒童文學研究資料也是一樣。在初期應當以「兒童文學教學」的資料為主，求精不求多，以免浪費太多的人力物力，而其結果對教學真正的需要不見得有幫助。所以必須先考慮教學上最基本最迫切的需要，如基本的參考書及重要兒童文學研究刊物，掌握現時的資

訊首先考慮，有些能互借流通而使用量不大的可以借用。

　　為了教學活潑，效果多樣化，同時引起學生的興趣，世界文學名著錄影帶、影碟以及兒童文學作家生活講演資料都應先蒐集，這樣可以使教學生動，配合名著名人的記錄延伸教學，可以彌補師資之不足。如看過「柳林中的風聲」之後再看原著，然後提出討論，其效果應當比單純在教室裡談其寫作技巧要受學生歡迎。因此，初期太學術性的理論資料慢慢增加。

　　當發展到某種程度時，再提升研究水準，增加研究資料，使「教學與研究結合」。從師院的立場來說，培養的是未來兒童文學與教育結合推廣人才，目的在發揮兒童文學在教學上的影響力，而不是培養兒童文學寫作人才。從這種觀念也可以了解到，在教學與研究相結合的階段，在資料蒐集方面也有一個大概的範圍可尋了。

　　從以教學為主到教學與研究的結合，可以說是兒童文學研究和資料蒐集的基礎工作。如果研究所預先有政策，有方向的規畫，這時候相信在師資和培養出的研究生也有了，再想到增加更多理論性資料的購置，方能派得上用場。

　　以上只是概括性的說法，由一個外行人來談，可能不一定是對的，但基本上，任何學術的建立都不是一朝一日的事，而是漸進的，是長久的。所以與其先收藏有大量的資料，倒不如慢慢來，求精、求新，絕對不能為了求全，花太多的精力去追溯過去的資料。所以兒童文學研究資料的蒐集不但要先求實用，而且能流通，如同一院所避免不必要的重複更為重要。總之，預先詳細的規畫，能與教學需要配合最為要。

　　　　——本文摘自國語日報 85 年 11 月 5 日兒童文學版

六、期待一所理論與創作並重的
兒童文學研究所

❋鄭如晴

　　眾所周知，兒童文學攸關整個人類社會的幸福。環顧國內以兒童為主要對象的寫作人才正與日俱增，然而評論兒童文學的專家學者卻如鳳毛麟角，少之又少，以致國內兒童文學作品缺乏嚴格的把關與審慎的過濾。一些稱為「兒童文學」的作品，幾乎以一種迎合市場需要的功利姿態出現，而缺乏內在的精神價值，難以通過嚴格的研究實驗。兒童文學界若未經過這樣的重新評估，若未通過這樣的智識上的考驗，我們就只能接受各種良莠不齊的作品充斥於市場上。

　　在史密斯女士所著的「兒童文學論」一書中，曾提到文學家安・卡洛路・慕亞說的話：「我們這個時代需要的是能明辨作品的好壞，具有識見的評論。若缺乏這樣的評論，就不能期待兒童文學中會有優秀的、獨創的作品產生。」由此可見，每個時代都需要培養研究兒童文學的專業人才。

　　欣聞台東師院將成立國內首座兒童文學研究所，以培養研究兒童文學的專業人才。須知語言文字是人類表達情感思想的重要工具，文學透過文字的轉化，得以晉身為藝術，與人生緊密的結合。基本上，兒童文學的創作與理論是不可分割的。我們研究兒童文學，並非為研究而研究，也並非為理論而理論，而是借用理論知識來幫助我們評論兒童文學作品的優劣，從而窺知兒童文學與現實的關係，兒童文學對社會的功用。這裡面包括了兒童文學的世界觀與創作方法，內容與形式。

　　長久以來，兒童文學頗受爭議的一個問題是：兒童文學的目的是什麼？給兒童快樂，或教育性的，或是兩者兼之？這也是兒童文學評論時最難以取捨的問題。基本上，經過文學的美化，藝術的剪裁以後，一本優良的兒童文學作品方能誕生。一般而言，理論與文學創作是相互矛盾的，單憑理論不能創造文學，文學創作活動和理性的邏輯思考是不同的。然而兩者間卻也相互依存，文學創作有了理性的評論，得以產生良好的作品；理論因文學創作的需要，而有了更嚴謹的水準與態度。

　　因此，我期待中的兒童文學研究所，更應加強研究生文學的品味與藝術的鑑賞能力。在課程內容的設計上，亦應掌握兒童文學發展的概況，各個時代主要的趨勢派別、主要的代表與觀點，同時得訓練文學評論者獨立思考和研究的技能。

　　再次談到兒童文學研究所的定位。期待它既是一所研究兒童文學基本思想的搖籃，也是訓練兒童文學寫作、鼓勵創作的兒童文學營。淺見以為，研究兒童文學只憑閱讀是不夠，必須同時練習創作兒童文學。專業的評論家，不但必須具備高明的評審眼光，也要有一定的創作水準，否則「眼高手低」，就影響了評論的客觀性。莎士比亞的朋友本姜生說：「只有第一流的詩人，才配批評詩。」同樣的道理，只有第一流的兒童文學家才配批評兒童文學，可見「手眼」一致是非常重要的。因此，期待這樣的研究既能培養兒童文學專業評論家，亦能培養兒童文學家。有了一流的兒童文學家，進而加上專業研究知識的培養，才能產生一流的兒童文學評論家。

　　以此定位，筆者淺見，以為研究所的招生，可依循兩條完全不同的系統招生。

　　第一條系統，專為研究兒童文學為主的進修研究管道。以考專業科目為主。

　　第二條系統，專爲鼓勵從事兒童文學創作進修的管道．以作品推荐審核做爲錄取方式，旨在減少兒童文學家進修的障礙，重視其獨特的創作能力，進而達成培訓的目的。近來，教育改革之聲日盛，期盼台東師院開風氣之先，以利特殊才能專業人士進修之管道。日前教育部頒布，特殊才能專業人員入校教授專業科目一例，亦可知現代教育已走向開放並尊重特殊才能專業人士的方向，此爲學院派不拘泥形式制度的大突破與改革。

　　但願此舉，能夠培養出一流的兒童文學家與一流的文學評論家，這才是設立兒童文學研究所主要的目的與意義。

——本文摘自國語日報 85 年 11 月 10 日兒童文學版

七、大家來讀兒文所

❊楊茹美

　　在台灣，已有許多人在兒童文學的園地上「獨立耕耘」很久。現在，台東師院的兒童文學研究所（以下簡稱兒文所）已經正式成立，大家可以「一起耕耘」了！

　　研究所既然成立了，訂定「遊戲規則」也是必然的。首先是誰有資格來讀？我認為：文章寫得越好，就越有資格來讀。所以，報名者在之前寫的文章也應該列入成績來計算。至於考試的科目呢？專業科目「兒童文學」是必定要考的，考的方式則應力擯記憶性測驗，採取「實力性測驗」。然而，什麼樣的考試最能考出一個人的實力呢？我想可以發幾篇文章給應試者，要求應試者寫評論（文章的種類可包含兒童文學領域中的各類文體），如此，則比考各種記憶題（如各文體的發展史及定義）深入而且有意義多了！

　　國文和英文是基本能力測驗。以往師範院校最愛考四書五經，這次不妨拋下包袱，只考作文。因為以我們的課程安排來看，一個大學畢業生對四書五經必定有相當程度的認識，不須靠這回的考試來複習。而考作文絕對是評量一個人語文能力的最佳方法。至於英文科的考試，基於英文能力是一個人建立國際觀的重要能力之一，所以考題應加深，除了選擇題之外，翻譯和英文作文也應列入考題中，而翻譯題不妨加重英翻中的比例，而且要求翻譯出的文字是適合兒童閱讀的語言。畢竟，國內翻譯的專業人才仍十分欠缺，我們期許兒文所能培育出這樣的人才。

　　至於該不該考文學概論和兒童心理學呢？林武憲老師認為應該要考，我則認為前者可以更明確測知學生的文學概念，可以列入考試

科目，後者則大可不必。因為一位兒童文學作家能否掌握兒童心理，關鍵在於作家自身的觀察力，而不在於兒童心理學認知的多寡；這就如同一個成人文學作家能否充分掌握成人心理，關鍵在於作家自身敏銳的觀察力，而不在於成人心理學的素養。當然，心理學的修養有助於作家的寫作，但如果是因為這項原因就將兒童心理學納入考試的範圍，那麼，考試的範圍將會無限大，主試者將何從考起？應試者將如何準備起呢？

有關硬體設備呢？雖然林武憲老師認為：「一個研究所的好壞，不在環境大小，房舍是否美觀。」但我認為這些縱使不是最重要，也不應該因而被漠視，原因之一是，境教也是教育的重要一環，原因之二是，因為台東地處台灣邊陲，與各地方的交通相當不便，想要吸引「各色人等」來讀（林老師也認為學生來源應多元化），就該給研究生良好的求學環境，包括獨立的研究室和保有個人隱私的單身宿舍、有眷宿舍等等。

隨著經濟的成長和生育人數的減少，兒童文學已經成為這幾年的顯學，然而，人才的培育可以趕得上市場的需求嗎？答案當然是否定的。而兒研所就擔負著這項艱鉅的學術和社會責任。為了不負眾望，我認為除了研究所本身的硬軟體要加強外，學生的交流也很重要，研究所本身應該設法透過管道，跟兒童文學的先進國家交換學生。而為了使培育的管道能持續，博士班也可積極籌畫。

試想，能夠捨棄兩年的工作收入，遠負台東讀研究所，本身必定對兒童文學相當執著，希望兒文所真的能提供他們一個理想的學術場所，更希望兒研所真能滿足大家的期望，大大提升國內兒童文學的水準。

——本文摘自國語日報 85 年 11 月 17 日兒童文學版

八、我們為什麼要成立兒童文學研究所

❋ 林文寶

　　大體上，一個國家兒童讀物出版類別的多寡，以及讀物品質的高低，可以反映出該國的經濟發展情形，以及文化與技術的進步程度，更是該國文化素質與國民教育的指標。

　　換言之，兒童文學（或兒童讀物）是文化的一環，它的發展不能自外於大環境。雖然台灣地區的兒童文學發展，是緩慢而閉鎖的。但從二次世界大戰後到現在，我們仍可以將台灣地區兒童文學的發展，分為四個階段：

　　1.西元一九四五到一九六三年，可稱為交替停滯期。

　　2.西元一九六四到一九七〇年，可稱為現代兒童文學萌芽期。

　　3.西元一九七一到一九七九年，可稱為現代兒童文學成長期。在這段期間，台灣的經濟、社會開始起了結構性變化，台灣新文化已逐漸孕育而成，並向外擴散；本土化的意識也隨著對外關係的挫折，而迅速滋長。

　　4.西元一九八〇年迄今，此階段可稱為現代兒童文學爭鳴期，始於西元一九八〇年——高雄市兒童文學寫作學會正式成立這一年，也是幼兒文學的活絡時代。這個階段的台灣兒童文學發展特色有六：一是兒童文學社團紛紛成立；二是大企業介入兒童圖書出版市場；三是幼兒文學發展特別蓬勃；四是民間專業兒童劇團開始萌芽；五是台灣海峽兩岸兒童文學開始交流；六是新的電子媒介在九〇年代逐漸展現影響力。

　　台灣地區的兒童文學雖然已進入爭鳴期，但就兒童讀物的品質問

題來說，仍有許多待改進或提升的現象，有賴於提升兒童文學研究的水平。其提升之途在於：

1.建立一套完整的資料中心。

2.建立完整的兒童圖書分類制度。

3.成立全國性兒童讀物研究學會。

4.學術與企業結合，推動各項兒童文學的基礎研究。

5.教育當局宜更重視兒童文學。

另外，兒童文學要成爲學術研究，勢必要寄存於學府；而寄存之道，雖可納入有關科系選修課程，但不如立身於師範院校來得有效。

總結以上所述可知，要提升兒童文學的學術研究，必須先在師院設立兒童文學研究所，並與現代工商企業合作，培育與兒童文學及其相關領域之人才，如政策規畫、行政領導、課程發展、教學與創作等高層專業人員，讓他們從事兒童文學與相關領域學術研究。這是兒童文學要成爲學術研究的必然趨勢。

台東師院兒童文學研究所，奉准於八十六學年成立，目前正在籌備中。其設立宗旨在傳承兒童文學研究的經驗，及開拓兒童文學研究的領域，使其成爲台灣地區兒童文學研究的中心，並進而帶動華文世界（像中國大陸、香港、馬來西亞、新加坡等地）研究兒童文學的風氣。因此我們的發展方向，擬將朝著三方面來進行：

第一、注意兒童文學史料的整理，並以台灣本土地區之史料爲優先。所謂文學史料，以較廣義的方法來說，應是包括所有能作爲文學史相關研究的基礎資料或線索資料，若以資料的內容性來作區隔，則可分爲作家資料、書目資料，以及活動資料（如大事記要）等三部分。我們希望藉著史料的蒐集、整理，來提供兒童文學的研究者，使他們對兒童文學的發展過程，更有系統的了解。

其次，就是成立一座圖書資料完備的「兒童圖書館」。至目前為止，台灣尚無一所專門的兒童圖書館，一些附屬於一般圖書館的兒童圖書室，又多屬於兒童閱覽室的型態。除了兒童圖書之外，少有供專業研究用的兒童文學相關資料的收藏。目前收藏這類資料的機構，以「政大社會資料中心」的教科書與兒童教育資料室，及「信誼基金會」的學前教育資料中心收藏最多，但數量仍然有限。目前雖已有「世界華文兒童文學資料館」的成立，然而專供研究檢索用的兒童文學論著索引資料，一直未受到應有的重視。是以東師兒研所擬將台東師院於民國八十年設立之「兒童讀物研究中心」，逐步擴充為「兒童圖書館」。

最後，我們發展的另一個重點，是在研究與創作並進。除學理研究之外，更需要將兒童文學理論應用於創作、編輯上，進而成立創作坊、駐校作家、大陸兒童文學資料室、翻讀工作坊等，以收理論與實際並重之效。

國內第一所「兒童文學研究所」，現已獲教育部正式核准籌設，這是關係國內未來兒童文學發展的大事，值得大家一起來關注。凡事豫則立，不豫則廢，我們希望大家踴躍為我國第一所兒童文學研究所提出建言。期盼台東師院在大家的關懷下，謹慎的踏出第一步，也希望我們為兒童文學播下的這顆種子，能在台東這塊美麗的土地上開花結果。

　　　——本文摘自兒童日報 85 年 11 月 26 日校園頻道版

九、培育兒童文學研究者的搖籃
——對國內第一所「兒童文學研究所」的期待

❀吳淑琴

一、前言

　　兒童文學在兒童成長過程中扮演的重要角色是無庸置疑的。從國家人力發展的角度上看，兒童文學的發展更關係著國民素養的提升和國家未來發展的力量。長久以來，許多關心兒童文學的人士以發行專門探討兒童文學的刊物，或有計畫的鼓勵創作，或舉辦有關兒童文學的展覽會、研習會、座談會，促使了國內關心兒童文學的人逐漸增多，為台灣兒童文學的發展奠下基礎。

　　若以「兒童文學人口」來稱呼心兒童文學的人，目前國內「兒童文學人口」大致上可分為三大類；第一類是一般家長、圖書館員、兒童教育者（老師），是兒童文學人口中最基層最廣大的一群。第二類是兒童文學工作者，包括出版社、作家、插畫家等。第三類是兒童文學研究者，在兒童文學人口中所占比率可以說是最小。兒童文學人口的量與質關係著兒童文學是否能蓬勃發展，而三者之間的互動關係更影響兒童文學發展的特質與方向；其中又以兒童文學研究者所扮演的角色最重要。因為研究有助於作品品質的提升，是一切發展的基礎。

　　欣聞台東師範學院籌設國內第一所兒童文學研究所，內心感到無比的興奮，國內終於將要有一個培育兒童文學研究者的據點了。以下就培育兒童文學研究者的觀點提出幾點建言，希望有助於兒童文學研究所的規畫。

二、設立兒童文學研究資料中心（館）

　　對有志於研究兒童文學的人而言，最大的困擾往往在於缺乏研究

的基礎資料。因為蒐集不到基礎資料，研究無法順利進行，導致半途而廢，這可以說是兒童文學研究的致命傷。因此，有必要與兒童文學研究所同時設立兒童文學研究資料中心（館），有計畫的蒐集、保存、整理國內外的兒童文學資料。至於兒童文學研究資料中心（館）的功能及階段性發展目標可參考日本大阪府立國際兒童文學館，以「兒童文學資料中心」為近程目標，「資訊流通中心」為中程目標，「兒童文學的國際性研究機構」為遠程目標。

三、甄選有志趣且具研究潛力者

興趣與研究能力是從事研究工作的兩項基礎。為吸收有志趣者，在報考資格上，不應有文學相關科系等限制。在不限制報考者科系的情況下，如何考選出具兒童文學研究潛力者呢？我覺得考試科目應包括中外文。但是，考量兒童文學研究的國際性發展，外文考試科目應讓考生可以選擇考英文、日文、德文或法文等，不應只限於英文。另外，兒童文學是當然必考科目，且兒童心理學也應列入考試科目之中。因為兒童文學是以兒童為對象的文學，而且在賞析、評鑑兒童文學作品時，兒童心理學是重要背景知識之一。

四、依學生興趣及能力培育各研究領域的人才

兒童文學研究的領域一般而言可舉出四項：「兒童文學理論」、「兒童文學批評」、「兒童文學史」、「兒童文學書誌」。「兒童文學理論」研究的目的在於有系統的解釋兒童文學的本質，提供各層面兒童文學研究的理論根據。「兒童文學批評」是兒童文學理論的實際應用，以兒童文學作家論、兒童文學作品論、兒童文學讀者論、兒童文學思潮論等形式展開研究。「兒童文學史」是追溯兒童文學的發展軌跡以展望未來發展的動向。「兒童文學書誌」是以有系統的整理作

品目錄、作家年譜、研究文獻目錄爲目的，是支撐上述三大研究領域的基礎研究領域。與進行上述四大領域的研究息息相關的是研究方法。兒童文學研究的主要方法可舉出三種：文藝學的方法、歷史社會學的方法、書誌學的方法。此外輔助的方法包括：哲學的方法、心理學的方法、教育學的方法、比較文學的方法、民俗學（文化人類學）的方法、社會經濟學的方法。

　　因此，就研究所培育研究人才的宗旨而言，碩士課程應指導學生選擇專攻的研究領域，認識各種研究方法與練習使用某種研究方法進行課題研究。博士課程則指導學生進一步深入該研究領域培養其獨立研究的能力。期待國內第一個兒童文學研究所能依學生興趣及能力培育各研究領域的人才，並以設立博士課程爲未來的發展方向。

五、師資應多元化，招聘外籍兒童文學研究者開設集中式專題講座

　　師資來源應包含兒童文學研究者及受肯定的兒童文學實務工作者，以提供具多樣性及結合理論與實務的多元化課程。另一方面，對兒童文學先進國家的了解，可以刺激國內兒童文學的發展與研究。因此，招聘外籍兒童文學研究者擔任專題講師授課，是可以考慮的一種方式。顧及招聘外籍師資可能遭遇的困難，可採用一個星期或十天左右的密集授課方式進行。

六、結論

　　國內第一所兒童文學研究所的籌設，是長久以來許多關心兒童文學的人默默耕耘、由涓滴匯成的潮流所趨。以上僅就培育兒童文學研究人才的角度提出了個人的看法。從兒童文學對社會發展的意義而言，兒童文學研究所也應扮演推廣教育的社會服務性角色，使國內的

兒童文學人口不斷的成長茁壯。祝福國內第一個兒童文學研究所跨出穩健的第一步，也期待它開花結果。

——本文摘自國語日報 85 年 12 月 8 日兒童文學版

十、我對兒童文學研究所的建議

❀王天福

國立台東師範學院，奉准籌設兒童文學研究所，預定明年四月招生入學。這件事在報刊披露後，已成為國內兒童文學界關注的焦點，近日有不少專家學者發表文章，表示嘉許，或提建言。這在兒童文學發展史上，是一件值得肯定的大事。筆者願以一個兒童文學的愛好者，提出幾點建議：

一、入學資格：大學畢業，不限科系。如僅以中文系或相關科系為限，難以羅致各類學科領域的人才，導致文學理論與作品的廣度和深度不夠。

二、考試科目：只考與兒童文學相關的理論和創作，二到三科，加上口試，而不考國文和英文。目前一般研究所考國文，大家對試題的內容，常有爭議；若非考國文不可，則可考慮只考「作文」，測驗其寫作能力。如考英文，對非英文系其他科系或外文系，顯然不公，若可選考第二外文，則評分不易公平。

三、開設課程：課程應走向多元化，提供更多選擇的機會。並可考慮分組，分「理論」、「創作」、「評論」三組，讓學生選其所好，發揮所長，也有助於各類人才的培育。

四、師資聘請：能兼具世界觀與本土化，西洋與本土的學者與作家兩者並重，相輔相成。

――本文摘自國語日報 85 年 12 月 13 日

十一、關於兒童文學研究所

❀趙天儀

　　台東師範學院正醞釀準備成立台灣第一個「兒童文學研究所」，近幾年來，該校每年舉辦一次全國性的兒童文學學術研討會，出版論文集，已成為該校的特色之一。並且在師資方面，網羅人才，如林文寶、楊茂秀、洪文瓊、洪文珍等教授，都已成為重要成員，令人矚目。

　　目前國內的大專院校，都在發展各校的特色，促進學術發展的多元化。向外，開拓世界性的宏觀的視野；向內，開墾本土性的創造的領域。因此，在日新月異的學術領域上，才能走出一條康莊的大道來。

　　兒童文學的研究，在廣義的範圍上，似乎可以包括幼兒文學、兒童文學、少年文學以及青少年文學。就研究的領域來說，可以包括韻文類、虛構類及知識類的兒童讀物。台東師範學院的語教系及圖書館，在兒童文學、兒童讀物的典藏方面，已初具規模，有發展潛力，值得重視。

　　今年十一月二十八日至十二月五日，我一方面應日本神戶孫中山紀念館邀請，撰寫論文，參加孫中山一百三十年誕辰紀念所舉辦「孫文與華僑」學術研討會。一方面順路去福岡造訪我的學長林清臣醫師的家，承蒙他們賢伉儷熱烈招待，有機會參觀福岡圖書館，看到該館兒童閱覽室有關兒童文學、兒童讀物的典藏，令人羨慕，其規模及設備不亞於我們在台北的國家圖書館，可見他們重視兒童、青少年以及重視兒童文學的一般與盛況。其空間的開闊、舒適，其設備的完善、整潔，其重視本地文學的成就，「福岡文學資料室」的陳列，令我非常感動而印象深刻。他們重視自己本土文化創造性的草根人物，也重

視亞洲地區文化交流，尤其是學術文化獎受獎人及其著作的陳列展示，包括亞洲各地區的學術文化上的獎勵，頗有學術文化交流的成果。

　　十二月五日，我在搭機返國途中，在飛機上讀到國內的報紙，頭條新聞，竟然是我們靜宜大學中文系兼任講師彭婉如老師不幸遇難的消息，令我震驚不已，久久不能釋懷。她除了是民進黨婦女部主任及婦運領導者以外，她也是一位難得的兒童文學、台灣文學的研究者。多年來，她在靜宜大學中文系所開的「女性主義與童話文學」、「女性主義與台灣文學」等課程，深受學生肯定與愛戴。今年二月，台灣省兒童文學協會在日月潭青年活動中心舉辦「兒童文學創作研究多令營」，我曾邀請彭婉如老師主講童話，她健碩而誠摯的風度，新穎而活潑的演講，令我留下了難忘的記憶。我們為兒童文學界損失一位良師及同好，深感惋惜。

　　如果我們在台灣，不久的將來，能成立第一個兒童文學研究所，我們將非常樂觀其成。我們希望這個研究所，有遠大的目標，有充實的設備，有現代化的課程設計，有更堅強的師資陣容，是一個真正的台灣本土的兒童文學研究所。有世界性的眼光與視野，有本土性的紮根與開拓。不論是在創作、翻譯、評論及研究上，都要建立有台灣的兒童文學的特色，這樣才會有光明的遠景，也唯有這樣，才令我們有更遠大的期許，且讓我們拭目以待。

　　　　　　　——本文摘自台灣日報 85 年 12 月 20 日第 27 版

十二、為設立兒童文學研究發展中心催生

❀馬景賢

　　二次世界大戰後，各國因政治經濟利益的衝突而引起世界爭端和不安。在社會方面，社會結構改變，家庭社會問題叢生。在教育方面，各國爭相發科學技術和經濟，重視專業技能的人才培養，而忽視了人的教養和品德。在一個競爭激烈、隨時都在「變」的時代裡，社會脫序，只講求功利重視現實，人的行為已不是法律規範所能約束，必須靠人心的自覺，而這種發自內心的自省力量，要靠良好的教育文化環境長久的陶冶。因此在兒童教育上，我們不僅要培養「人才」，也要培養有良好品德的「仁才」。

　　在兒童文化教育活動中，兒童文學研究和優良兒童讀物推廣最為重要，因此兒童文學發展被視為一項非常重要的文化指標。因為透過兒童文學作品可以培養孩子良好的氣質，灌輸正確的認知觀念，在潛移默化中，可以讓孩子「認識自己，了解別人」，其功能是教科書所比不上的。目前，西方兒童讀物正大量引入，有些很能反映時代性，幫助我們兒童認知和學習。但從一個國家文化教育來看，這也是另一種形式的文化侵略，其對兒童思想的影響深遠。為了下一代中國海內外的孩子，如何吸收西方文化優點而又能維持優良中國文化傳統，能積極研究發展具有中國民族色彩的兒童文學和出版工作，是刻不容緩的重要課題。

　　我們要保有自己的優良文化，同時也要不斷吸收新的文化，這樣國家才有進步，日本就是一個「能夠吸收也能保守」的好典範。

現在世界各國的兒童文學作家、出版家、教育家和圖書館員都了解到，為了促進人類的和諧，兒童讀物必須反映時代，隨著世界潮流發展。所以今天的兒童文學取材多樣化，讀物內容非常廣泛，不再是被人譏為「小貓叫小狗跳」的文學。從兒童知的權利，並能讓兒童適應現實的生活環境，例如死亡問題、老人孤寂獨處生活、兒童法律和權益問題、父母離異單親家庭問題、關懷傷殘、關懷自然生態保育、虐待兒童問題、少數族群問題、污染問題、國際政治問題……，幾乎無所不包括在內。但為怕傷害兒童心理，在尊重兒童知的權益下，文學家、出版家、教育家、圖書館員都有一個共同的願望：把最好的奉獻給孩子，以彌補成人為他們帶來的不幸。在這些方面，我們做的都不夠。尤其是海外華僑地區想要下一代孩子了解一些中國文化的知識，非常缺乏適當良好的書籍，對中國文化漸漸產生疏離感，這是中國兒童教育問題，也是我們應該積極負起來的重要文化教育使命。

國際間對兒童文化教育工作，現在不僅重視本國的兒童文化，更重視國際間兒童文化交流的工作。為了交換兒童文化資訊，促進兒童文學研究和兒童讀物出版，歐美各國已經設有不少兒童文學研究發展機構，如設於德國慕尼黑的「國際青少年圖書館」，除有豐富的藏書外，並設有研究室，定期舉辦國際學術研討會、國際兒童書展，邀請外國兒童文學工作者到德國訪問及作專題研究，為現今世界上最具規模的兒童文學研究推動機構。日本是亞洲兒童文學最發達的國家，尤其是在第二次世界大戰後，積極推動兒童圖書館和兒童文學工作，並於大阪成立了僅次於德國的「國際青少年圖書館」。其他國際上著名的兒童文學研究機構尚有：美國／兒童文學研究資料館（一九四九年成立）；加拿大／奧茲本珍藏館（一九四九年成立）；法國／國際兒童中心；澳洲／南澳大利亞洲立圖書館兒童文學研究

所（一九五九年成立）；德國／法蘭克福兒童文學研究所（一九六三年成立）；美國／國會圖書館附屬兒童文學中心（一九七八年成立）；美國／國際兒童文學中心（一九六四年成立）；奧國／國際兒童文學和閱讀研究所（一九六五年成立）；瑞典／瑞典兒童圖書研究所（一九六五年成立）；芬蘭／芬蘭兒童文學研究所（一九七八年成立）；印度／多民族兒童研究圖書館文獻中心（一九七七年成立）；英國／兒童圖書中心（一九八一年成立）；智利／兒童文學中心（一九八七年成立）；丹麥／安徒生研究中心（一九八八年成立）；挪威／傷殘少年兒童讀物文獻中心。

　　回顧我國，在五四運動後，兒童文學一度受到重視，至民國二十年前後開始蓬勃發展。後因抗戰軍興，一切有關兒童文學發展活動近於靜止。其後內戰又始，中國兒童文學發展毫無成績可言。近四十多年來，海峽兩岸在不同環境下各自發展，雖有些進展，基本上仍停留在起步階段，在觀念、教育上，落後歐美日本等國甚遠，對兒童文學研究和資料蒐集都是一片空白，對兒童文學的研究和發展，只有少數人默默在工作，並未受到應有的重視。我們在兒童文學研究發展上，仍未受到教育主管重視，如大專院校仍然缺乏兒童文學研究推廣工作之科系，只有在兒童讀物出版方面，大量翻譯不少國外的兒童讀物，但對未來中國兒童文學扎根工作效果不大。我們目前實在迫切需要像日本及歐美國家一樣，成立一個兒童文學研究發展中心，用以從事發展研究兒童文學教育工作，促使兒童生活與教育結合，提升兒童文學理論研究，鼓勵創作富有中國民族色彩之優良兒童讀物，促進海內外及國際兒童文化交流。

——本文摘自國語日報 85 年 12 月 22 日兒童文學版

十三、這是第一次
——國內成立兒童文學研究所

❀董成瑜

「曼德拉讓我想到那個被巫婆關起來的韓塞爾。就是那個每天都得把手指頭從鐵欄杆伸出來，好讓巫婆摸摸看是不是胖得可以宰來吃的小男生。」許多人都知道格林童話裡韓塞爾和巫婆故事的原始版本，可是把曾坐牢數十年的南非民權鬥士曼德拉比做韓塞爾，把每天固定巡視曼德拉囚房兩次的典獄長比喻做巫婆，恐怕只有曾獲南非最高榮譽文學獎 M. Net Book Prize 的著名童話作家瑪麗塔‧范德‧維凡（Marita van der Vyver）了。

她高度的聯想力以及新聞工作者的背景，讓人不禁想到與南非同樣從威權體制一路走來的台灣，究竟有什麼樣的文學讀物可以陪伴兒童成長？為什麼在國內大量引入外國兒童文學出版品的對照下，本土的創作仍然顯得匱乏甚至薄弱？有哪些人在兒童文學不受重視的情況下仍默默努力著？兒童文學發展的現況又是如何？去年才獲得教育部通過設立的台東師範學院兒童文學研究所將在今年夏天正式招生，這所台灣首次成立的兒童文學研究所也許可以做為討論的開端。

一、萌芽——開始設置兒童文學課程

台東師院從廿五年前的師專時期開始兒童文學課程，由即將擔任兒童文學研究所所長的林文寶負責教授。八七年改制為師院後，東師語文教育系首先設立兒童讀物圖書室，並向外界募得大量的書籍，後來又經教育部核准設立「兒童讀物研究中心」，並舉辦各種學術研討

交流活動。語教系則自八八年開始編印主要取材自本土的「語文叢書」。在兒童文學還是一片荒漠的情況下，台東師院在兒童文學方面所投注的努力是相當值得肯定的。

再看過去兒童文學在學院裡的分佈狀態，除了九所師專改制爲師範學院以後，把從前列爲選修的兒童文學課程改爲必修之外，其他只有師大家政研究所、中原心理系、文化兒童福利系、家政系以及台大、輔大、東吳、靜宜、東海、成大等院校圖書館系、中文系或外文系曾開過相關的選修課程，但大多都不固定開課，零星也有學生以兒童文學爲碩士論文的主題。

二、茁壯——紛紛成立兒童文學社團

回頭再看戰後台灣兒童文學的發展狀況，似乎一直到一九八○年代以後才漸漸成形。這時期不但有許多兒童文學社團，例如中華民國兒童文學學會、台灣省兒童文學協會、台北市兒童文學教育學會、中國海峽兩岸兒童文學研究會等社團的成立，大型企業如永豐餘紙業等等也開始介入兒童圖書出版市場，同時兒童劇團逐漸萌芽、與中國大陸兒童文學界相互交流以及電子媒體的影響都是八○年代以後的特色。這時期的兒童讀物也有相當大的比重由國小老師撰寫。

八○年代以後因爲部分作家及年輕一代的文化工作者的參與，使得寫作題材稍見開拓、表現手法也較爲多樣。中華民國兒童文學學會理事長林煥彰分析了目前台灣兒童文學作家群體的構成：教育工作者（佔百分之七十五）、文化工作者（百分之廿）、其他行業（百分之五）。他估計，其中有百分之九十五以上是業餘的。而擁有大專院校以上學歷者佔百分之九十，可是他們的社會地位、收入和生活保障，卻遠不及作家或其他行業的從業人員。他也指出，近年來部份優秀的

兒童文學作家，因逢國中、小學教科書民營化，被重用爲教科書出版商編寫教材，而影響了本是業餘寫作的有限時間，長期而言，不但寫作精神可能受影響，一旦寫作定型化、僵化成爲編寫語文教材的工匠，則是兒童文學界的損失。

三、施肥——出國吸取兒童文學養分

由於兒童文學的資源匱乏，八〇年代後期許多有心人便決定出國讀書吸取兒文學方面的養分。他們學成回國後立即投入兒童文學的工作。先從事兒童文學工作再出國的信誼基金會資深企劃鄭榮珍是其中一個例子。她發現在國外已發展近一世紀的兒童文學，圖畫書、童書都被普遍用在小學裡，圖書館有充分的經費擴充軟體設施，是兒童文學書很好的流通管道。她認爲國內創作人才較匱乏的原因複雜，除了像圖書館這樣的管道不暢通外，學校仍使用教科書，老師無法（或沒有想到）將兒童文學書籍在課堂上使用，兒童也就沒有機會從書中了解人生經驗。鄭榮珍說，國內有不少人默默致力於兒童文學，不過關注的是古經典兒童文學，或許多吸收國外的作品與經驗將會更多元。

台北師範學院語教系副教授的張湘君也覺得，台灣出版市場對兒童文學沒有信心，強的寫手不願全心投入，甚至一般人也不覺得爲兒童寫書是重要的事。在教育觀念上台灣又是菁英教育，家長自己也未曾有過閱讀的甜美經驗，在爲孩子挑書時，常常不知從何挑起，覺得一定要選「能從中學到什麼」的書，對孩子來說太沈重。

四、灌溉——引進研究資料培養師資

現存的問題未必會因爲兒童文學研究所的成立而立即得到改善，不過卻是在引領風氣、人才培育上的一個起步。研究與創作並重、

開發更多本土文學的題材，也將是東師兒研所未來的目標。

許多關懷兒童文學發展的人士都認為，研究資料的匱乏是一大隱憂，因為目前台灣少有供專業研究使用的兒童文學相關資料的收藏。現有的相關機構只有政大社會資料中心的「教科書與兒童教育資料室」，以及信誼基金會「學前教育資料中心」等機構的資料較豐。至於目前雖有中國海峽兩岸兒童文學研究會發起成立的「世界華文兒童文學資料館」，不過在專供研究檢索的兒童文學論著索引資料方面，卻也未受到應有的重視。未來東師兒研所擬將「兒童讀物研究中心」逐步擴充為「兒童圖書館」。

師資也是受到關注的焦點之一。既然過去不曾有專門的兒童文學系所，人才的選取也是一大考驗。東師兒童文學研究所籌備處召集人林文寶指出，除了四、五位東師語教系的老師升等作為研究所一部分師資外，還將聘請一位擅長英美文學的兒童文學博士。未來希望逐步擴充有創作經驗的老師；至於有創作經驗但學歷不符規定的人才問題，將在一兩年內嘗試解決。

我們期待台東師院兒童文學研究所的成立，能為台灣的兒童文學注入新的力量。

——本文摘自中國時報 86 年 2 月 13 日開卷版

十四、認養兒童文學

❋林　良

周梅雀記錄

本文係於 86 年 3 月 13 日應東師〈兒童文學
與教育〉學術研討會所作之專題演講。

侯教授、各位關心兒童文學的好朋友，大家早安！

今天很高興能夠和這麼多好朋友聚集在一起，共同來關心我們的
兒童文學。今天這個「兒童文學與教育學術研討會」的策畫人林文寶
教授，在兩個月以前邀請我來參與這個盛會，我當時很高興，並且盼
望這個日子快點到來。確定這件事以後，有一天，我很警覺的問林文
寶教授：「參加這個會要不要致詞？」他說當然也要說幾句話。得到
這個訊息以後，我就儘量利用我每天可以爭取到的自由時間來想該說
那幾句話。我感受到壓力，有一種不同的感覺，希望這個日子不要來
得太快。

又有一天，我跟林文寶教授通電話說：「我到底要致詞幾分鐘？」
因為知道幾分鐘，我就可以知道要說幾句話。林文寶教授很平淡的
說：「九十分鐘！」九十分鐘，不僅是我很害怕，相信各位也很害怕，
這表示各位要受九十分鐘的罪。我開始感受到時間的強大壓力，並且
希望這個日子永遠不要來到。結果我還是馴服了。我把我要說的話作
了新的安排，在我說出我的安排以前，我對各位有一個請求。我不是
一個記性很好的人，沒有辦法記牢九十分鐘內所要講的每一句話，難
免有時候要低頭看看我的台詞。現在請求大家允許我坐下來說話，好

不好？謝謝！

今天我要說的話，我爲它想出一個有趣味的講題，叫做：「認養兒童文學」。我認爲學院成立兒童文學研究所，推動兒童文學的研究、培育兒童文學的研究人才，是學院認養兒童文學的一次有力的行動。兒童文學與其它的文學、藝術一樣，出生時都是孤兒，有人認養才能順利成長。認養兒童文學有三方面的人才：兒童文學作家提筆寫作的時候，已經認養了兒童文學；兒童文學推廣者將兒童文學作品向老師、家長、兒童推銷，鼓勵他們欣賞兒童文學的時候，他已經認養了兒童文學；學院的研究者以兒童文學爲研究對象，對它進行研究的時候，他也已經認養了兒童文學。三方面的人才共同認養了兒童文學，等於爲兒童文學未來的發展奠定了良好的基礎。這正符合了我的外孫女從電視裡學到的一句廣告台詞，周潤發說的：「福氣啦！」

在這個講題下，我把我要說的話做這樣的安排：我安排五個重點，希望能夠透過這五個重點表達我對這整個事情的思考。第一個重點是回顧兒童文學的歷史，回味兒童文學的特質，我爲它定的標題是「兒童文學的形成」。第二個重點是歌頌兒童文學的教育功能，我爲它定的小標題是「兒童文學的教育功能」。第三個重點是歌頌兒童文學的藝術價值。我認爲我們對兒童文學的欣賞，所強調的不應該是遠離了兒童文學的一般文學的藝術性，應該是兒童文學本身的兒童文學藝術性。我爲它定的小標題是「兒童文學的藝術性」。第四個重點是談一談兒童文學研究的重要，因爲它可能成爲有關兒童文學的知識。我爲它定的小標題是「兒童文學的學術研究」。第五個重點是談一談我們對台東師院兒童文學研究所的期許和盼望，我爲它定的小標題是「對師院兒童文學研究所的期待」。最後還有一個小小的尾巴，只有短短幾句話，作爲結束。

　　除了這樣一個安排以外，我還有一個安排，就是我每次說完一個重點以後，我會提醒大家說，這個重點我已經說完了，再也沒有話要說了。這樣就是等於不斷的為大家提走一公斤、一公斤的負荷，到了最後，我把話都說完了，大家就會有一種如釋重負的感覺。同時我每說完一個重點，我會安排十秒鐘的休息，讓大家可以停下來喝一口茶。大家都知道說話的人會口渴，但是都不知道聽人說話也會口渴。原因是內容枯燥，「枯燥」就是枯乾，就是乾燥，所以會引發口渴。現在我們進行第一次的休息，先喝一口水，再來開始講第一個重點「兒童文學的形成」。

一、兒童文學的形成

　　現在我們開始講：「兒童文學的形成」。

　　兒童文學最古老的根源是我們人類社會各民族所存有的兒歌跟故事。它的形式是口傳的，就是用嘴說、用耳朵聽的。這些兒歌跟故事，最初必然都是方言的。這種情況要一直等到一個大民族各族群間相互溝通的共同語言出現的時候，才會有一些改變。也就是說，用共同語言寫作的兒歌跟故事也逐漸增多。把方言的兒歌跟故事依照原音保存下來，或者是將兒歌跟故事翻譯成共同語言，或者是把共同語言寫作的兒歌跟故事翻譯成方言，這些兒童文學活動都受到現代人的肯定。

　　這些古老的兒歌跟故事，雖然都是兒童文學的根源，但是「人」，也就是我們，也曾經發生過不當應用的情形。比如說有些故事對殘障的人加以戲弄，或者是嘲笑。在民間故事裡，我們都可以看到這樣的例子。有些故事過度殘忍，某些兒歌也是過度愁慘，含有偏見。舉個例子，在我的老家廈門的民間故事裡，也有戲弄駝背的人的故事。駝

背的人，在閩南話和台灣的話都差不多，叫「ㄨㄣ ㄍㄨ」。我們小時候聽大人講故事，裡頭有一個情節就是說，有一個人欺騙一個駝背的人說：你讓我把你吊在樹上，然後搖呀搖，就可以治好你的駝背。所以大家就唸說：「ㄏiㄉ ㄉㄛㄏ ㄏiㄉ，ㄏiㄉ ㄉiㄛㄏ ㄨㄣˋ ㄍㄨ ㄍㄛㄏ ㄉiㄉ」（悠阿悠，悠得駝背會變直。）這就是不自覺的做了一件不應該做的事情。另外，在有些民間故事裡，動不動就說「就把他殺了」，或是「就把他吃了」，這樣的例子很多。

還有一些兒歌，例如有名的《小白菜》。這個兒歌裡描寫了父親娶了繼母，繼母對待前妻的孩子很不好，裡頭有兩個句子說繼母買了肉以後，下面的情形是：「弟弟吃肉我喝湯，想起親娘淚汪汪。」在這樣的兒歌裡，含有對女性的偏見，容易使兒童產生一種植根在恐懼裏的愛。換句話說，孩子聽了這樣的兒歌以後，就會告訴他的親媽媽說：「媽媽，你不要死！」這樣的愛是不自然的，是植根於恐懼的。這個是兒歌和故事的一般情形。

而兒歌和故事開始有了改變，跟兒童文學的發展有關的，就是它開始有了圖書的形式。從口傳的到圖書的，這樣的改變是受到了兒童課本的影響。在西方的國家裡，談到兒童文學的發展，都會提到兒童課本，裡頭有一個專業的用語叫「horn book」，我們翻譯成「角書」。根據一些資料，說明了為什麼要把它叫做「角書」。原因是那時候這種孩子的課本是刻在木板上，它的形狀就像一個乒乓球拍，可以用手拿，上面是一個板，所刻的材料是英文二十六個字母的大寫和小寫，有簡單的拼音，如「b」「a」是 [ba]；「c」「a」是 [ca]；「d」「a」是 [da]。另外還有一個「主禱文」，就是教徒對上帝的禱告說：「Our Father ，which art in heaven....」這些東西，一個孩子用過，還要留給後來的孩子用。就怕孩子弄壞，所以就用很銳利的刀去刨牛的犄角，

刨下薄薄的一層。大家都曉得一個圓筒形的東西，這樣刨過來，它的長度是以它的圓周來計算，所以就變成一片。這一片就蒙在乒乓球拍上面，就好像我們現在用塑膠蒙在上面，讓很多人都可以用，這就叫「horn book」。

我們中國的小孩也有他們的課本，這些課本大家叫做「三百千千」，就是《三字經》、《百家姓》、《千字文》、《千家詩》。《三字經》就像兒童的小百科。《百家姓》是認字用的，但是對於社會倫理的認識都有幫助。還有《千字文》就等於是一本字典、字彙，就是不注音也沒有解釋的字彙。《千字文》的難寫就是要有一千個字，但是不准有兩個字重複，難就難在這裡。據說當初作者寫完《千字文》以後，他的頭髮都變白了，因為它又要押韻、又要有意義，不是隨便湊上去的。另外還有《千家詩》，就是用直接移植的方式，將詩移植在兒童的心靈。

這些課本對兒童文學成長的刺激是什麼呢？就是口傳的兒童文學開始有了文字的記錄，而且成為圖書的形式。在西方的兒童文學史上，常常把《鵝媽媽兒歌集》成為一本有插圖的圖書這件事，當作兒童文學發展的一個新的里程碑，當作一件重要的事情來看待。其實，在鵝媽媽故事集以前，已經陸陸續續印行了一些不怎麼有名的故事書，也有插圖。不過，《鵝媽媽兒歌集》被當作一個里程碑，就等於說，從此以後，孩子們除了課本以外，就開始有了兒童文學讀物。這是兒童文學的第一次改變。

兒童文學的第二次改變就是接受了個人創作這樣的觀念。這是受了成人文學的影響。在成人文學的世界裡，個人創作的觀念早就受到了肯定，但是在兒童文學的世界裡，兒歌與故事都是不斷的記錄和傳遞，很少被人視為個人創作。這是因為大家都相信一個傳統的觀念，

認為兒歌跟故事是自然誕生的，而且是一種集體創作。其實這些說法，我們都需要加以釐清。比如說，我們說兒歌跟民間故事是集體創作，它的意思是說，在傳遞的過程中，每一個講述的人都會做一些改變，讓它更好，或者是讓它節奏更明快，或者是讓它增添了一些有趣的情節。如果我們用長長的時間看起來，當然就是集體創作。不過，這種集體創作並不是大家來開會，大家提出一個問題說：「這個故事的頭一句應該是說從前呢？還是說古時候？」然後投票表決。或者說，大家來決定故事的主角是什麼人？所以，所謂集體創作，應該是指傳遞的過程中不斷的修正，或者改進，或者增添的意思。

另外一個我們完全忽略了的事實就是：不管是兒歌或是故事，都有第一個創作的人。因為兒童文學並不是大家開會就可以產生的，它需要有一個人用心血去思考，去安排，才能成為一首短短的兒歌，才能成為一篇很有味的故事。每一件兒童文學作品一定會有一個創作者，這是肯定的。我們舉一個例子來說，台灣曾經流行過一首「三輪車跑得快，上面坐個老太太……」這首兒歌是自然誕生的嗎？還是有很多人在晚上開會來創作的呢？一定是有一個非常可愛的人，他想到了三輪車，把它編成一首兒歌給他認識的小孩子來唸。一定有一個這樣的創作的人！我們現在把「三輪車跑得快」變成可以唱的，有了曲，那個作曲者已經找出來了，但是不知道這個歌詞是不是作曲者自己寫的，還是先有了口念的兒歌，然後再由他人作曲。我們一定要相信，任何的文學作品都有一個創作者。因為這樣的關係，所以兒童文學也受到影響。本來書裡的兒童文學是記錄下來的口傳兒歌跟民間故事，現在開始有了改變，這個改變是從格林兄弟和安徒生開始。

說到格林兄弟，他們兩兄弟都是學者。起頭他們兩個與兒童文學可以說是沒有關係，而且哥哥雅各在德國憲法制定中，被認為是一個

很有貢獻的人，幾乎被認為是政治家。但是他們兩兄弟有一個共同的事業，就是研究民俗學。他們希望把德國所有的民間故事記錄下來。他們用的是一種很簡潔的、乏味的語言來記錄故事的情節。有意思的是，現在格林兄弟紀念館的館長曾到台灣來訪問，他說在收集德國的民間故事時，也時候也會收集到法國和比利時的民間故事，因為他們訪問的地方如果是法國或比利時移民多的地方，就會不自覺的將外國故事也記錄下來。後來哥哥就請弟弟威廉把這些故事好好的寫成可讀的故事。威廉在寫的時候就不完全照原本枯燥乏味的文體寫下來，他希望寫下來的故事，小孩子可以聽，大人要說也很方便，所以就比原本的記錄要來得生動有趣得多。另外，弟弟威廉會在裡面添加他認為得意的東西，這就是個人創作成分的開始。

另外，格林兄弟對安徒生是有影響力的。因為哥哥雅各比安徒生大了二十一歲，弟弟威廉比安徒生大了二十歲，他們兩個的工作成績，安徒生是非常羨慕的。所以早期安徒生的著作，也是寫丹麥的或是西歐的民間故事，也以自己生動的筆法來寫。到了後來，有信心了以後，他也創作了他自己的故事，這就是純粹兒童故事創作的開始。在安徒生的童話中，如＜人魚公主＞、＜醜小鴨＞、＜勇敢的小錫兵＞，這些都可以說是安徒生個人的創作。兒童文學那種寫給孩子聽、寫給孩子閱讀的精神，是從格林兄弟就開始萌芽了；但是，安徒生卻是使兒童文學成為個人創作的第一個代表人物。

十九世紀的時候，有許多作家也開始紛紛的為小孩子寫兒童文學創作。有趣的是，參加的並不一定是對兒童文學有瞭解的人。他只以是一個作家的身份來寫。比如說有名的文學評論家羅斯金（Ruskin），他就為小孩子寫了一個《金河王》。還有有名的英國小說家吉普林（Kipling），他也為小朋友寫了《叢林奇談》第一、二集。還有寫《愛

麗絲夢遊奇境記》的路易斯凱洛（Lewis Carroll），他是一個傳教士，是一個數學家。到了二十世紀，兒童文學作家才紛紛的出現，他們就比較接近一種專業作家的身份，像英國的 A.A. Milne、美國的 Dr Seuss、還有 McCloskey，這些人都是專業的兒童文學作家，而兒童文學作家群也慢慢的形成。美國有一個出版社，每一年出版一本兒童文學作家專輯介紹他們的作品，現在已出了幾十本，還在持續出版中。兒童文學作家群的慢慢形成，在台灣的情形也是一樣。

而什麼是兒童文學？什麼是成人文學？中間好像有一個含混的地帶，不容易區分。但是如果我們退到遠處去看，區分起來就比較不困難。比如說，《木偶奇遇記》、《愛麗絲夢遊奇境記》、《金銀島》、《柳林中的風聲》是兒童文學。另外一類如易卜生的《娜拉的出走》、歌德的《浮士德》、旦丁的《神曲》、雨果的《悲慘世界》、托爾斯泰的《戰爭與和平》、還有曹禺的劇本《雷雨》跟《日出》，這些都不是兒童文學。這很容易區分。還有柏楊寫的《醜陋的中國人》，就更不是兒童文學。其實柏楊也很有寫兒童文學的才分。他寫《中國人史綱》的序文，要告訴讀者中國土地的地勢是東邊低、西邊越來越高。他就寫說：如果你駕駛一架小飛機，從黃海向西飛進大陸，你的飛機要不斷的拔高，要不然飛機一定會撞山。這就是兒童文學。

兒童文學的基本精神，我們可以說是寫給孩子聽、寫給孩子閱讀。這句話是對從事兒童文學創作的人說的。現在我已經說完了第一個重點。

二、兒童文學的教育功能

現在我說一個比較有趣味的小題目叫做「兒童文學的教育功能」。我們每個人在一輩子的閱讀生涯中，最早接觸的書類是兒童讀

物。我說的是現代的一般人，大概我們祖父的時代就不是這樣了。如果我們從書中受到了一次又一次感動，往往會影響我們的一生，也許是影響了我們的思想，也許是影響了我們的行為，這就是文學的力量。我們常常說的薰陶、啟發、感化，都可以拿來形容兒童文學的力量，或者說一般文學的力量。文學的特性是「演示」的，也就是等於表演。它是用演示的方法生動的重現我們的生活經驗，所以我們感到親切，容易認同。因此，我們可以下結論說：兒童文學對兒童品格成長是有影響力的。這就是兒童文學的教育功能。

　　我說一些我自己的經驗。我童年時讀《愛的教育》，它裡頭有一些故事叫做《每月故事》，故事裡頭有一篇叫做〈少年筆耕〉。《愛的教育》現在已經由希代出版社直接根據義大利文翻譯出來了，需要的人，可以去買來看裡頭的《每月故事》，欣賞這種短篇小說的寫作技巧。在〈少年筆耕〉的故事裡，說的是一個小學生半夜爬起來幫他爸爸抄寫雜誌社寄雜誌的名條。因為他的字寫的和他的爸爸一樣漂亮，他認為爸爸很辛苦，所以希望幫爸爸多寫一些，以增加收入，補貼家用。可是因為他長期熬夜，弄得身體越來越差，功課也越來越不如從前，因此父親常常責備他。後來因為對他失望，所以父子彼此的關係就變得非常冷淡。小孩子當然非常傷心，當他決定從今天起要好好讀書不再熬夜的時候，他聽到了父親抄寫完後不停咳嗽的聲音，心中不忍，就想今天再寫一次，以後就不再寫了。當他出來抄寫時，不小心把桌上的書碰倒在地上了，就趕快回頭看看，還好都沒有人來，他才安心的去抄寫。可是就在這個晚上，被他父親發現了。

　　這個故事是非常感人的，對我的影響是我學會了關心父親，體諒父親，使我對待父親的態度有了很大的改變。在青少年時期，每個孩子對父親好像都是很吹毛求疵的，但是看了〈少年筆耕〉以後，我改變

了對父親的態度。

在我的童年裡，中華書局有一份兒童週刊叫做《小朋友》，而剛才在圖書館看到大家捐贈的兒童圖書中，好像還沒有《小朋友》。在《小朋友》週刊中有一篇叫做〈黃河水災逃生記〉。我小時候讀到這篇作品，裡頭描寫一個小朋友因為黃河水災氾濫，坐在一個大木桶裡隨水漂流。他的父母親已經不知去向。他後來漂到一個水淺的地方，為一個農家所收留，成為農家的養子或義子。讀這個作品讓我得到一個啟示：當災難來的時候，與其害怕、難過，倒不如去面對它。就是說，使我對災難能夠冷靜的面對，不是以恐懼來代替冷靜。這也是受了它的影響。

還有冰心女士寫過一本散文集，是用書信的形式寫給小孩子的，叫做《寄小讀者》。我小時候讀到其中的一篇，描寫冰心和她的小表姐在溪邊，將兩隻腳泡在溪中踩水玩。那時候是傍晚，夕陽快要下山，而溪的兩邊種的都是柳樹。冰心非常用心的去描寫傍晚的天空，描寫傍晚的夕陽，描寫溪邊的柳樹。我讀了以後，對於大自然的景色開始懂得去欣賞，而後來影響我的，就是特別的喜歡水，提昇了我對水之美的欣賞力，對大自然美的欣賞力。

還有傳記文學對小孩子的影響力也很大。我小時候讀美國第十六任總統林肯的傳記，裡頭描寫到他苦學的精神和自修的毅力，使得少年時代曾經一度失學的我得到了不少鼓勵，而不會那麼容易的就絕望了。尤其是林肯的誠實：林肯在年輕的時候也曾經經營過一家小雜貨鋪，並兼營郵局的業務，村裡有什麼信件都丟給他一封一封的去分發。有一天，一個老太太來買東西。林肯找錢以後，老太太走了，林肯再細算一下，少給了老太太幾分錢。林肯就把店門都關好，拿著那幾分錢，走很遠很遠的路，到老太太的家裡把錢還給她。我在讀小學

的時候，有一次到福利社去買麵包。那個輪值的店員同學多找給我一些錢，我很有意思想把它吞沒。在掙扎的時候，替我下決定的就是林肯。後有就因為這件事，我還受到學校的表揚。

　　我再舉一個例子。今天在座的馬景賢先生，寫過一本少年小說《小英雄和老郵差》。鄰家的小孩子跟他見了面就會問：「小英雄後來有沒有來台灣？老郵差後來怎麼樣了呢？」一個生動的故事使小孩子學會了關懷別人，關懷許多不同的人間角色，慢慢的走向成熟。文學的感化力量是很大的，這一點兒童文學作家都知道，因此他們在經營兒童文學作品的時候，都不敢違背自己的良心。他們力求心安，不敢輕易的動用激情。相反的，非兒童文學作家，他們不知道兒童文學的力量，格外的喜歡動用教條。教條的力量比兒童文學小得多，動用教條是「急性」的表現，希望一舉成功或者一勞永逸。這並不是一種文學的性格。文學是暗示的、感化的、有耐性的。

　　我認為兒童文學作家常常不自覺的傳遞給孩子的，最重要的一個訊息就是「樂生」這樣一個觀念，也就是肯定人生。大家都曉得「南柯太守」的故事。這個故事很富有想像力，也很動人，但是它所傳遞的一個消息是「人生無常」。這樣一個觀念對於剛剛進入人間的小孩子是不適宜的。我又想到一個故事，這個故事是說有一對老夫婦結婚五十週年，朋友們都來為他們慶祝「金婚」。大家高高興興的，又是喝酒、又是吃東西。其中有一個賀客，把丈夫拉到一邊，很誠懇的說：「我有一件事情要請教你。你到底有什麼秘訣，和你的太太五十年來一直維持這麼好的感情？」那位先生聽了之後就落淚了，他說：「如果你知道我這五十年的日子是怎麼過來的，是怎麼忍受的，你就不會問我這句話了」。這位賀客覺得自己很不應該，不該在這個時候惹他傷心，於是就把他勸回大廳，讓他和大家說說話，吃吃東西。正當大

家興高采烈的時候，有人發現那個丈夫不見了。原來那個丈夫已經拿著一根打狗棒，上面掛著一個小包袱，他決定離家出走了。這個故事很能引人深思，尤其是當我們要檢討夫妻關係的時候。這是一個很有意思的故事，但是它已經跟兒童文學分道揚鑣了。第二個重點，我就說到這裡為止。

三、兒童文學的藝術價值

現在我再說第三個重點：「兒童文學的藝術價值」。

一個兒童文學作家在寫作的時候，有所經營，有所講究，有所堅持，有所發現，有所領悟，有所得意的時候，就產生了藝術。這就是兒童文學的藝術。大陸的兒童文學理論談到兒童文學，往往特別強調它的藝術性、思想性。而我們在閱讀的時候，往往感覺到好像它離兒童文學越來越遠，好像他談的不是兒童文學。如果要談「性」，這就是缺乏「兒童性」，或者說，缺乏一種兒童文學性。十九世紀的蘇格蘭散文作家斯帝文遜，就是《金銀島》的作者，因為寫作非常講究修辭，得到了一個「作家中的作家」這樣的稱號。他成名以後，特地為小孩子寫了一本詩集，叫做《兒童詩園》，或者叫做《孩子的詩的花園》。因為這本詩集，他又得到了一個封號，叫做「童詩的桂冠詩人」。

我們要探索兒童文學的藝術性，最好是在一本不錯的兒童文學作品中去尋找，不要在成人文學作品中去尋找。我們在斯帝文遜的《兒童詩園》裡探索兒童文學的藝術性，總比在旦丁的《神曲》裡探索兒童文學的藝術性，來得有意義得多。這是我的一個觀點。換句話說，我們從《浮士德》、《神曲》、《包法利夫人》、《安娜卡列琳娜》、《娜拉的出走》、《白鯨記》、《約翰克理斯多夫》、《麥田捕手》、《異鄉人》，或者從《紅樓夢》、《水滸傳》、《三國演義》去探索

兒童文學的藝術性，是沒有多少意義的。

　　我們應該從有那種傾向、有那種心願，或者像佛家說的「發心」要為兒童寫作，寫給孩子聽、寫給孩子閱讀的兒童文學作品中去探索兒童文學的藝術性，才有意義，因為我們探索的是「兒童文學」的藝術性。安徒生的一些童話，還有《愛的教育》中的〈每月故事〉、《愛麗絲夢遊奇境記》、《柳林中的風聲》、《小豬與蜘蛛》、《金銀島》、《小熊布布》、《兔子比得》，以及英國的 de la Mare 以及 A. A.Milne 的詩歌裏頭去探索兒童文學的藝術性，我覺得這樣才有意義。

　　儘管小孩子都喜歡「小人國」，但是《格列佛遊記》的作者 Swift 文字並不適合做作我們探索兒童文學藝術性的對象，因為他從來就不曾考慮過為孩子寫作，並且可能他很討厭孩子。他是一位作家，但是並不是我們所謂的兒童文學作家。美國兒童讀物的插畫家、圖畫故事的作家、也是兒童散文的作家 McCloskey，他的兒童散文；還有寫《白白的雪，亮亮的雪》的 Duvoisin，他寫的散文；還有寫《小豬與蜘蛛》的 E. B. White，他寫的散文：透過他們的作品和文字，至少可以探索到一些兒童散文的特性、兒童散文的藝術性。

　　McCloskey 寫過一本書，是他後期的作品，叫做《奇妙時光》，就是《A Time of Wonder》。國語日報翻譯時為了讓讀者比較瞭解書的內容，就把書名翻譯成《夏日海灣》。其中有兩段他用淺淺的文字來寫散文的例子，大家聽聽看。第一個例子是他寫海水退潮的時候，在海灣裡划船，抬頭看到滿天的星斗。大家曉得，靜的海水裡也會映現天上的星斗。划船的人會看見上下都有星斗，覺得那些星斗都好像一些眼睛也在看他。McCloskey 是用很簡單的字來形容，我把它念一念，大家聽聽看：「天上的星星向下看，水中的星星向上看，千百對眼睛盯著你，你也回看那千百對眼睛。」

　　另外一個例子，就是他的幾個孩子很早就起床，那時候海邊樹林中的霧還沒散，他們就靜靜的聽聽有什麼聲音，他們聽到退潮時，小小的浪打在岸上沙沙的聲音；還有遠處一種海豹的叫聲；還有海鷗偶然「哇！」的一聲的叫了一下。另外，他還聽到一種聲音，這種聲音因為是由很多很多小小的聲音組合起來的，那就是數量多了才聽得到，它是一種很特別的聲音，他聽到林間一種叫「蕨菜」發出的聲音。蕨菜要長大時，頸子就慢慢的伸直，葉子就慢慢的伸開。他聽到了那種聲音。他是這樣寫的，我把它念一念，大家也聽聽看：「另外還有一種聲音，不像你自己的心跳，卻有點兒像細言細語，那是蕨菜成長的聲音。」

　　我覺得，我們在檢討兒童文學的藝術性時，就要特別注意到兒童文學的特性，而不要大談一般文學的共性，如此可能就沒有辦法去觀察到兒童文學的藝術性了。「面向西方，永遠看不到日出。」我們應該對兒童文學作品作專注的審視。我們也不應該「人在東山看西山」那樣的懸空去談兒童文學的藝術性。我們應該低頭看自己的立足地，探索的是兒童文學的藝術性。我把第三個重點也說完了。

四、兒童文學的學術研究

　　第四個重點是：「兒童文學的學術研究」。

　　「學術」是學院裡的習慣用語。它的意義就是「知識」，或者說「有系統的知識」。知識的探索有一定的方法、一定的規則。一般人喜歡把知識叫做「一切事物的真相」。學院裡所探索的知識，往往比較專門、比較精緻，而且不必一定要具有功利性，這是一般人對學術研究的瞭解。現在我們要說到一個情形，就是從事創作的人都知道從事創作是一件很辛苦的事情，其實從事研究的人，他們的工作也非常

的辛苦。他們兩者有一個共同點，就是「苦而不悔、樂在其中」。

　　將近三十年前，馬景賢先生介紹我看一本美國女博士的著作，厚厚的一本，叫做《世界兒童文學大綱》。這本書裡對於英美兒童文學介紹得最詳盡，世界其他各國也都有相當分量的介紹。那時候大陸是封閉的，所以要介紹中國，她就介紹台灣。作者為了要取得資料，就寫信給當時的中央圖書館，希望能取得相關的資料。當時中央圖書館的答覆是：我們每個月都有到館新書的目錄，那裡頭可能就有兒童讀物，我們願意寄給你做參考。另外，作者要求能不能介紹一些兒童讀物，或是有關兒童文學的著作，中央圖書館就寄給他一本王振鵠教授寫的《兒童圖書館》。所以當時這本厚厚的著作中，有關台灣部份的介紹，只有五、六行。現在回想起來，如果當時我們就已經有一個兒童文學研究所，我們提供的資料對她的幫助一定比這個多。

　　其實那時候，東方出版社、國語日報已經出版了不少的兒童讀物。教育部有兒童文學獎，教育廳有兒童文學編輯小組，板橋研習會也有兒童文學寫作班。我們也有了幾份兒童文學的雜誌，《小學生雜誌》也出版了兒童文學研究的專刊。但是我們似乎缺乏一個有心的機構，將我們努力的成果加以收集、整理，寫成著作。個人的努力不是沒有，我現在不得不第三度提到馬景賢先生的名字。馬景賢先生就編過《兒童文學論著索引》。在座的洪文瓊教授，也做過兒童讀物的市場研究。還有今天沒來的許義宗先生，他曾經以個人的力量寫過《西洋兒童文學史》的簡編、還有《台灣兒童文學史》的初稿。這些研究和著作都是一種開創，我們總希望有很多的繼起者。

　　對兒童文學進行學術研究，就是肯定兒童文學的存在，而且是以它為研究對象。去年夏天，「中華民國兒童文學學會」組團到日本去訪問。我們有機會到大阪去參觀大阪府立的「國際兒童文學資料館」。

這個館的標誌是用希臘神話裡的「牧神」（Pan）的簡單圖像畫出來的，意思是「兒童文學是兒童心靈的牧者」，所以它用牧神的圖像。而有趣的是把這個標誌倒過來看，就是一個簡單的大阪地圖，表示這是大阪府立的國際兒童文學資料館。這個館是由一個單層的大會堂，和一座兩層的樓房構成的。館前有一個很大的人工湖，它的名字很美，叫做「夢之池」。

　　他們成立這個館的起因，是因為有一位教授捐出了十二萬冊的兒童讀物，包括雜誌，給大阪的教育當局，所以他們只好邀請地方人士和教育專家來商量如何安置這十二萬冊的書，後來就成立了這麼一個兒童文學的研究機構。目前他們的收藏，圖書方面有十一萬冊，雜誌方面也接近九萬冊，總共接近二十萬冊，對於日本兒童文學的創作和論著，收集得非常齊全。介紹我們看的接待人員，一再的強調他們不是一個兒童圖書館，希望我們不要誤會。她說：「我們是一個兒童文學的研究機構。」因此我們就想到，學院對於兒童文學進行學術研究是一件相當龐大的工程，要有作家資料的收集，作品的收集，論著的收集，才能夠為研究者提供一個研究的環境。

　　然後是研究工作本身所面臨的培養研究人才的問題。這又讓我們想起了著作財產權的問題。現在的智慧財產權已經有翻譯著作權、改寫著作權、研究成果著作權。對於研究成果有貢獻的人，例如藏書家、資料收集人、編目人、資料整理人，還有現在把資料輸入電腦，提供大家使用的那些有貢獻的人，應該如何鼓勵和保護他們的權益。這也是值得我們深思的問題。我沒想到那麼輕易的，我又把第四個重點說完了。

五、對兒童文學研究所的期待

　　現在我們來說第五個重點，就是：「對兒童文學研究所的期待」。

　　我把台東師院成立兒童文學研究所，看做是學院對兒童文學的認養。兒童文學受到三方面的人的認養，我再重複前面說過的話，就是：兒童文學作家提筆為小孩子寫作的時候，他已經認養了兒童文學；學院的學者以兒童文學為研究對象，對它進行學術研究，也認養了兒童文學；兒童文學推廣者把兒童文學作品向教師、家長、兒童推銷和鼓勵他們閱讀的時候，也已經認養了兒童文學。作家、研究者、推廣者三者互相效力，養大了兒童文學。

　　張湘君教授在今年三月一號，得到了一個信誼基金會頒贈的「特別貢獻獎」，就是為了對她這幾年和桂文亞女士合辦兒童書的「好書大家讀」的活動表示敬意。張教授說過一句話。她說：「如果作家的創作只能賣出幾本，陷入一種沒人接觸、沒人閱讀、沒人欣賞的境況，那麼作家所付出的心血又有什麼意義？」這句話很令人深思。她不但對學生推銷兒童讀物，鼓勵學生閱讀兒童讀物，自己對於好書更是從來不放過，所以我形容她是「花錢買書、奔走找書、閉門讀書」，是一個「好書大家讀」運動的實踐者。她也自稱是兒童文學的推銷員，兒童文學的傳教士。她說她的宗教就是「兒童文學教」。去年八月「兒童文學學會」組團到日本去訪問，只看見她不停的買書，而買的都是童書。有一個團員問我：「張教授到底帶了多少錢？買了那麼多的書。」我相信要買別的東西，張教授可能沒什麼錢，但是要買童書，張教授就有錢了。意思就是說她捨得買。我們相信張教授的學生對於兒童讀物一定是一個個見多識廣。我們也希望未來全省師院的學生，對於兒童讀物也是一個個都是見多識廣。

　　認養兒童文學，除了兒童文學作家、兒童文學推廣者，第三種人就是研究者。台東師院兒童文學研究所成立策畫小組的成員之一林文寶教授，曾經寫過一篇文章叫〈我們為什麼要成立兒童文學研究所〉。

讀了他的文章，我們知道他對於這個研究所已經有了很好的規畫。兒童文學研究所的兩大要務：一個是成立兒童文學資料館，一個是成立兒童圖書館。這就是為研究生提供一個研究的環境。

我想起國內藝術系的學生在學習畫炭筆素描的時候，他們描繪的對象是一座叫「阿古力巴」的石膏像。這個阿古力巴是西方人的作品。西方人的臉，就像一個山區，有高峰，有山谷，臉上的光影有很多變化。也就因為這樣，造成東方學生普遍缺乏觀察東方人頭顱的訓練和經驗。東方人的臉好像平原，一切都是扁平的，臉上的光影比較缺少變化。但是這樣的臉到底有多扁呢？臉上的光影缺少變化到底缺少到什麼程度呢？似乎更值得我們去觀察，去熟悉。

所以我們對研究所的期待，就是希望能提供學生一份基本的閱讀書目。這些基本的書目都是國內兒童文學作家的作品，包括論著，一共一百本。一百本其實不必害怕，有的兒歌集三分鐘就可以看完了。這一百冊書成為研究生的必讀書，並且可以作為學術研究的基礎。

林文寶教授提到研究所有駐校作家、創作工作坊、翻譯工作坊的構想，我則有一個朝著相反方向去想的建議，就是師院裡有一些教育課程，例如兒童的語言發展、兒童的閱讀行為、兒童的心理發展。如果把這樣的課程開放給作家旁聽，會受到作家的歡迎。將來研究所的課，例如西方兒童文學史、中國兒童文學史，以及有關兒童文學的理論課等等，其實都可以開放給作家旁聽。可以贈送給作家「榮譽聽講證卡」，讓作家到離他最近的師院去聽課，我相信這會更有意義。這樣的工程，就要聯合各個師院來進行，每學期製作有關的訊息，提供作家參考，讓他們去選擇旁聽。為什麼這麼想呢？因為充實兒童文學作家的理論和學術基礎，總比教人家如何變成兒童文學作家來得實際得多。我現在把最後一個重點也講完了。

尾巴

　　我剛剛說過，我談話的最後會有一個小小的尾巴，這個小小的尾巴就是一句話：「再長的話也有說完的時候，開得再晚的酒店也有打烊的時間。」前面說的話，都是我平常對兒童文學的思考，我把它說出來，目的是要和大家互相交換，希望大家不要把我當作一位興趣很濃的立法委員。有一位演說家到一個聚會去發表演說，當他講完了以後，有兩位聽眾在一起相互交換他們的心得和感想。第一個人說：「儘管他的講演很動聽，但是有許多缺點。」第二個人說：「他的講演儘管有你說的那些缺點，但是我很愛聽。」希望在座的各位，都是那第二個人。謝謝大家！

兒童文學研究的發展方向座談會會議記錄

時間：八十六年三月十三日
地點：台東師範學院國際會議廳
主持人：林文寶教授
引言人：林煥彰先生　　馬景賢先生　　趙天儀先生
記錄：郭子妃

壹、主持人報告：

林文寶教授：

各位與會的貴賓大家好，這場座談會可以說是我們這次研討會的重頭戲。研討的主題是兒童文學研究的發展方向。自本校兒童文學研究所開始籌備之後，我們便開始進行規畫，甚至南北奔跑去開說明會，我想這應該是史無前例的，而我們的目的是希望結合大家的意見讓這個研究所能夠更完備，同時也藉此讓兒童文學界的工作同仁們能匯集成一股力量，共同來為兒童文學研究的發展方向做一番規畫。

我們今天也特地請到三位在兒童文學界具有代表性的學會的負責人來擔任引言人，他們分別是「中華民國兒童文學學會」的現任理事長林煥彰先生，以及第二屆理事長馬景賢先生，另一位是目前「台灣省兒童文學學會」的理事長趙天儀先生。這三位都是目前兒童文學民間團體中非常重要的學會的負責人，希望能藉著大家的共同討論，給我們未來研究發展的方向提供寶貴的意見。

貳、引言人報告：

馬景賢先生：

　　台東師院兒童文學研究所的成立可以說是圓了我一半的夢，我另一半的夢想便是未來國語日報可以出一份兒童文學的刊物，也許明年我退休以後，就會來做這件事。

　　我們從台灣整個兒童文學的發展來講，我們的兒童文學在過去幾年中，是從沒有到有，從有到多，從多到精，但精要精到什麼程度呢？這就必須靠研究與創作來配合，所以兒童文學研究所的成立確實是一件很有意義且對兒童文學的發展很有助益的大事。我過去幾十年來，一直都在擔任圖書館的工作，以一個圖書館員的觀點來看，將來台東師院兒童文學研究所成立之後，應重視兒童文學歷史發展的研究、各類兒童讀物的蒐集研究、個人作品的研究以及兒童文學的批評及其相關歷史的研究、台灣兒童文學的出版情形、插圖在兒童讀物中的研究等等。

　　現代社會資訊非常發達，我們在資料的蒐集及典藏方面要盡量做到完備又不失其相關性，所以應該要以最實用、最珍貴的部份做著眼點。台灣的兒童文學發展到現在已經可以說到精的階段了，所以未來要突破方向包括了讀者的觀念上的突破、出版者作風上的突破、作家思想上的突破、畫家畫風上的突破，以及研究者的配合，我想只有如此我們的兒童文學發展才能有新的發展與突破。

　　最後，我用我對台東師院兒童文學研究所未來的研究發展方向的幾點期許來作為我的結論：

一、發揚具有中國文化特質的兒童文學。

二、提昇中國兒童文學的研究與發展。

三、鼓勵優良兒童文學創作與讀物的評鑑。

四、加強海外華僑地區兒童文學讀物的推廣。

五、促進海峽兩岸兒童文學交流合作。

六、從事國際兒童文學教育資訊交流。

林煥彰先生：

對於台東師院兒童文學研究所的成立，我身為兒童文學工作者的一份子，心中感到非常的高興。我自己一直有一個心願，也就是我們現在在談的兒童文學應該是台灣的兒童文學，我們談兒童文學的研究發展，也應該是定位在台灣的兒童文學研究發展。因此，我們要重視的是：台灣兒童文學的發展研究、台灣兒童文學理論的研究，台灣兒童文學的作家研究，台灣兒童文學的作品研究，台灣兒童文學的教育研究等等。台灣兒童文學的研究目前仍是一片待開發的園地，所以目前與其去做國外的兒童文學研究，不如盡全力來做台灣本土性的兒童文學研究，這樣不但具有積極意義，且對台灣的兒童文學工作者具有鼓勵作用。

趙天儀先生：

過去兒童文學的課程或是相關的研究有兩個領域，一個是師大師院系統的，特別是語教系，像東師兒童文學研究所就是這樣一步一步走過來的。而一般的大學像中文系、日文系、德文系、英文系、西文系、甚至圖書館系，過去都有兒童文學或兒童讀物這一類的課程。我個人對於林文寶教授設立兒童文學研究所這件事，報以熱切的期望。

我個人認為，兒童文學這個用語應該帶有成長中的兒童的意味，它不是靜態的，是動態的。其次，在今天的主題中也提到教育，我覺得教育應該包含四個領域。自我教育、家庭教育、學校教育、社會教育。在此我要特別提出自我教育這個觀念來跟兒童文學做思考。由自

我去探索所得到的經驗是最直接也是最深刻的，所以我認為一個人的自我教育如果可以跟兒童文學來結合，可能會更接近我們想提倡的這種兒童文學。

參、綜合討論

林文寶教授：

謝謝三位引言人給我們做的精彩的引言，接下來的時間，我們看各位對剛剛三位的引言，有沒有其他的意見或補充。

木柵國小賈文玲老師：

我是一個國小老師，在過去的教學經驗中，我發覺兒童文學要引用在國小教育中，似乎找不到著力點。第一個困難在於家長對課外書的觀念一直都採取教科書最重要，看課外書會影響功課的態度，第二個困難是教科書文學是不是就等於兒童文學，如果是等於的話，為什麼我們不能直接用兒童文學來當我們國小國語科的教材？所以我很想知道，未來兒童文學研究所的成立，對於我們這些國小老師所遇到的這些疑問與困難的解決，是否能有所幫助？

林文寶教授：

賈老師提出這個問題是希望瞭解兒童文學研究所究竟在做些什麼，我想很多問題是沒有必要把它想得太複雜的。我常在說，在我們的教育過程中，最重要的問題就是老師自己本身不讀書，如果老師自己都不去看書的話，那要拿什麼立場去要求學生讀書呢？所以我建議所有的老師們，多讀一點兒童文學的書是不錯的。

台中師院劉瑩教授：

我有一個建議，就是是否能推動在「好書大家讀」選完之後，再續辦一個閱讀心得的徵選活動，藉此也提供我們做為讀者反應論的研究的素材。像這樣子的活動，我們可以分為教師組、學生組，甚至家長組，鼓勵大家都來讀書，我想如果能有一個機構來做這樣一個工作，那對於閱讀風氣的帶動應該會有一個不錯的成效。

靜宜大學趙天儀教授：

剛剛聽了劉教授的一番話，心裡有一些感觸。我認為要培養一個文學的讀者是需要一番努力的，不是平白他就會變成你的讀者的，我們的學生要學什麼，往往是需要我們去替他思考的，尤其是在大學裡要設兒童文學研究所，除了林文寶教授強調要設資料中心及圖書館之外，我認為，如果要談研究，那就不能只是一般的寫寫讀書心得而已，應該是除了該有的專業知識之外，還要具備其他外語的能力，如此，在研究的過程中遇到國外的文獻或作品時，才不會受限於翻譯品的品質，而使研究的內容失去其原來的面貌。

台東師院周慶華副教授：

每個人的關懷點不一樣。我比較關懷的是如何使兒童文學的研究具有開展性，我的想法是如何使兒童文學的研究能夠更進一層：在既有的基礎上能再跨越幾大步，因此我提出以下五方面研究方向給大家做參考：

一、創作閱讀方面的實證研究。

二、因應現實的情境，結合一些新方法、新理論，來開拓研究的新領域。

三、製作傳播方面的實證研究。

四、從事邊緣兒童文學的研究。

五、從事多邊兒童文學的互動研究。

板橋教師研習會沈坤宏老師：

我覺得兒童文學的推廣如果要紮根的話，似乎要建立在親職教育上。如果真的是如此的話，那麼小學老師究竟能做到什麼地步？

此外，目前我們市面上所販售的兒童讀物，大部份都是成套出售且價格都非常的驚人，這對於一般國小的學童來說根本是無力購買，因此便只能靠父母親來選擇購買。如此一來，小朋友們便失去自主選書的機會。所以，我很期待出版界的先生小姐們能多出版一些平價的書，讓小朋友都能夠買得起，這樣兒童文學才是真正屬於兒童的，而不是成人的。

天衛文化公司總編輯沙永玲：

關於套書解套的問題一再的被提起，在這裡我必需起來做一個澄清。以我們公司為例，套書的銷售量佔了我們公司百分之八十的總業績，也就是說，我們公司必須要靠這些套書的銷售才能繼續維持下去，並且支持平裝本的出版，我自己也曾經很疑惑，為什麼家長不去買我們出的那些一兩百元的平裝書，而當業務員去向他解說這套書對他的小孩有多大的幫助的時候，他也許一萬塊、甚至十萬塊的書他都捨得買，所以我覺得這個問題的關鍵應該是在於整個教育的提昇，及家長對於兒童讀物的認知的改變。所以我想由這個階段過渡到那個階段還是需要大家共同來努力吧！

南師實小周秀玲老師：

對於一個想再繼續進修的國小老師而言，我有一個請求，就是未來台東師院兒童文學研究所成立之後，是否能在寒暑假期間開一些課程，並且開放給有心再繼續進修的老師們旁聽，讓我們能在實質上及技巧上有進一步的提昇。

林文寶教授：

關於這個問題，我想在不久的將來應該是有機會可以實現的。我想接下來我們請三位引言人為我們做一個總結。

馬景賢先生：

兒童文學的應用不應只是用在國語科上面，像其他數學科、自然科、社會科、甚至音樂科、美勞科都是可以應用得上的，至於如何應用，那就要看老師的技巧了。

林煥彰先生：

我做一個簡短的結論。我覺得目前最迫切需要的可能就是兒童文學的應用學。我們如何使應用學成為一門專門學問，這便是兒童文學未來研究發展的一個方向了。

趙天儀教授：

國小的教科書對於兒童文學的發展具有不小的影響力，如果我們的教科書還是在過去的那種狀態之中的話，我認為要改變過去那種惡劣的生態是不可能的。所以我們的教科書應該要全面的開放，這樣要談改變才有它的可能性。

林文寶教授：

　　由於時間的關係，我們今天的座談會就到此結束，很謝謝各位所提出來一些意見以及建議，同時也謝謝各位的參與，我們就到此結束。謝謝！

十六、答編者問
—關於台東師院兒童文學研究所

❀林文寶

一、台灣的兒童文學發展到今天才有一所「兒童文學研究所」成立，爲什麼？

　　一般說來，一個地區的兒童文學發展，牽涉到社會環境（政經、教育制度）、兒童文學教育工作者（作家、畫家、編輯、研究者等）的素質，和市場成熟度（圖書、期刊、國民所得、智慧財產權等）等因素。所以有人認爲一個國家兒童讀物出版類別的多寡，以及讀物品質的高低，可以反映出該國經濟發展的情形，如文化與技術的程度，更是該國文化素質與國民教育的指標。自一九四九年以來，台灣地區的兒童文學發展，可說是緩慢而又閉鎖。其理由如上述。當然，其間的關鍵，可說是在於教育當局的重視不足。

二、以前有關「兒童文學」的教學，在大專院校的情況怎麼樣？

　　台灣地區「兒童文學」的教學，是以師範體系爲主流。而師範學校也是至一九六〇年師專以後才有「兒童文學」課程的選修。一直到一九八七年，九所師專一次改制爲師範學院，在新制師範學院的一般課程，列有兩學分的「兒童文學」，且爲師院生的必修科目。至於大學院校的「兒童文學」課程受到重視，可能是從圖書館學系開始。其後，爲青少年福利學系、家政系等。至於文學院系，最早是東海大學中文系，時間是一九八三年，其後，陸續有淡江德文系、日文系、成功大學外文系、清華大學中文系、輔大中文系、實踐外

文系、政大中文系等。

三、台東師院成立「兒童文學研究所」的背景與原因為何？

台東師院自七十六學年度起由師專改制師院，即以「兒童文學」做為語文教育學系發展的重心與特色。其間，除出版東師語文學刊、東師語文叢書外，並不斷舉辦有關兒童文學學術研討會，並於八十學年度起成立「兒童讀物研究中心」，而現有的「國民教育研究所」中亦設有「兒童文學群」，其用心與目的，無非是為籌設「兒童文學研究所」，並進而籌建完整的「兒童圖書館」，使兒童文學研究成為台東師院的特色，使台東師院成為兒童文學研究的重鎮。

趙天儀於一九九六年十二月二十日《台灣日報》＜關於兒童文學研究所＞一文中說：

> 台東師範學院正醞釀準備成立台灣第一個「兒童文學研究所」，近幾年來，該校每年舉辦一次全國性的兒童文學學術研討會，出版論文集，已成為該校的特色之一。並且在師資方面，網羅人才，如林文寶、楊茂秀、洪文瓊、洪文珍等教授，都已成為重要成員，令人矚目。

四、台東師院「兒童文學研究所」未來的發展方向如何？

「兒童文學研究所」的設立旨在傳承兒童文學研究的經驗，與開拓兒童文學研究的領域，使其成為台灣地區兒童文學研究的中心，進而帶領華文世界兒童文學的風氣。本所將優先以台灣本土地區兒童文學創作者的作品為蒐集整理的對象。所謂文學史料，較寬廣的說法，凡是能用來做為文學史相關研究的基礎資料或線索資料，都可以包括在內。

　　至於本所未來的發展方向，將並重於研究與創作，除學理研究外，更將兒童文學理論應用於創作、編輯上，進而成立創作坊、住校作家、大陸兒童文學資料室、翻譯工作坊，以收理論與實際並重之效。同時，本所亦將進行兒童文學史料的整理與「兒童圖書館」的成立。

五、「兒童文學研究所」的師資如何？

　　研究所本身編制內員額有限，所以兒童文學研究所打算與語教系合作。目前語教系具有兒童文學專長且具有授課資格者有四位，師資專長以不重疊為原則。今年擬增聘教師兩名，其條件：一、具有國內外博士學位。二、具有英美兒童文學、英美文學理論等專長。三、具有創作經驗者為優先。

六、第一年招生情形如何？

　　本所自一九九六年八月十六日奉准籌設起，即進行有關課程、師資、圖書儀器、設備之規畫。尤其是透過報章雜誌等有關媒體進行各種可能的宣傳活動。

　　今年招生核准十五名。報名都已經結束（四月二十六日、二十七日）報名考生合計一七九人。其中一般考生一六〇人，擬錄取十二人；專業在職考生十九人，擬錄取三人。就報名人數而言，可說是頗為競爭。

　　　　　　——本文摘自文訊雜誌 1997 年 6 月文壇春秋版，頁 81-82

十七、話說兒童文學

編按：本年度國內最重要的兒童文學盛事，莫過於台東師
院兒童文學研究所的成立和招生。象徵兒童文學的
學術重鎮，今年度在林文寶教授的細心規劃中，錄
取了十五位生力軍，其中不乏創作不輟的作家，以
及學有專精的青年才俊。

這群令人矚目的生力軍，究竟如何看待這塊文學的
沃土，以及默默推動成立研究所的林文寶教授，看
他們如何期許未來，為兒童文學注入新的生命。

讓我們一起走入他們的心聲心語。

選擇與志業

❊林文寶

　　自去年八月接兒研所籌備處召集人以來，即進行有關課程、師資、圖書儀器、設備之規畫，尤其是透過報章雜誌等有關媒體，進行各種可能的宣傳與促銷之活動，並曾於台北市、高雄市各舉辦一場說明會，其間，可說戰戰兢兢與憂心忡忡兼而有之。直至六月十六日早上九時左右，得知十五名研究生全數報到，並於十時左右座談見到你們時，心中累積多時的鬱情，正是所謂的「渙兮，若冰之將釋」，且心中頓時充滿著喜悅。我有許多話要說。要感謝校長的支持、同仁的信任、以及兒童文學界的關心。同學們，我們有緣相聚，且讓我們能有師徒制與宋朝書院師生互動之姿態，瀟灑走一回。我說：「兒研所」的設立旨在傳承兒童文學研究的經驗，與開拓兒童文學研究的領域，使其成為台灣地區兒童文學研究的中心，進而帶領華文世界兒童文學的風氣。這不是義務，也不是責任，因此無所謂的沈重。這只是我們的選擇，也是我們的志業，有的是無怨與無悔，在我們同行中，期盼能從其中尋回消逝的童心，並獲得些許的乳香。

　　於是乎我們又見如蓮花般的童顏。

兒童心靈的救贖

✿王貞芳

　　一個人能「樂在工作」，是人生中一件非常幸福的事。文學是我最大的嗜好，目前小學老師是我的職業，尋覓一個能將工作和興趣結合的領域是自己長久以來的目標。我想：「兒童文學」就是我尋找的方向。

　　現今的兒童處於知識氾濫，又不斷受種種誘惑吸引的年代，他們的童年岌岌可危。文學不管處於何種時代都能反映當代的社會環境，其「潛移默化」的教育功能是其他教育無可取代的。以兒童文學作為未來兒童心靈的救贖，是我對兒童文學未來的展望。

　　現實和理想的差距，常常是生命一段難以超越的鴻溝。我喜歡文學裡不濃厚的教育味道，卻能有深刻的心靈啟發，我想：這會是一條值得投注一生的事業。

給孩子們更多心靈的窗口

❀蘇茹玲

　　兒童文學之於兒童就像雨露之於植物一樣，有其滋養的功能而使其成長，一篇成功的兒童文學作品必定是在不違反教育的原則下，有趣味而深獲兒童喜愛的。

　　記得小時候很喜歡看＜伊索寓言＞，其內容幽默有趣描寫動物寓意深遠，寓教於樂，給我在閱讀上許多的快樂，也深深地愛上了書，每一本兒童故事書就是一個天地，在裡面，兒童可以自由地遨遊與想像。

　　對於未來，我們希望有更多關心兒童的人投入創作或翻譯兒童文學的行列，來滿足各層次兒童對文學的需要，讓孩子們有更多打開心靈的窗口，這是我們對未來兒童文學的期許。

被遺忘的小男孩

❀林玲遠

　　台東是個很有趣的地方。有喧嚷的市鎮也有繁華的夜生活，一天中某些時段塞塞車也不是很稀奇的事情。然而摩托車騎上省道，前兩分鐘還沈浸人間煙火，這一時刻卻置身在白沙綠椰、樹比人多的幻境裡。就像有一天我在台九線一個極小的村落，作不太有意義的車遊；瞥遇一個村落小男孩，在烈日安靜的午后，沿著檳榔影跡，作不太有頭緒的活動。我的無意義因此起了無頭緒的共鳴，便想對這個午后下點沒有道理的結論。腦筋還沒轉上兩圈，車子已經到了人聲嘈雜的街市。那邊大王椰子矗立的圍牆內，是前不久我們還高談闊論的兒童文學研究所所在地。台灣第一所兒童文學研究所哦！還沒轉完的腦子便重新轉起這件事。……臨睡前想起被遺忘的小男孩，故記之。

我讀兒童文學研究所

❀廖健雅

　　基於對閱讀的喜愛，我走進了兒童文學的殿堂。之所以稱它為「殿堂」，實因它有無盡的寶藏，而這些寶藏，是我還未「奪取」到的，怎可放棄？所以，兢兢業業的探索，期盼能一睹它的盧山真面目，並深入了解內容，以彌補自己所學的不足。

　　面對近年來兒童文學的蓬勃發展，也曾想要從事創作，但，總提不起這千金重的筆，不知如何著手？不知如何鋪張？不知如何結束？這些種種，都讓我不知如何……。可見，還有賴自己在文學理論方面，做更進一步的研究。所以，在未來研究生的日子裡，不希望白白走這一遭，而是札札實實的豐富自己的內涵，將學理研究應用到創作、編輯上。有朝一日，能提起勇氣的筆，寫下自己的一頁詩歌。

一顆心‧兩種期待

❊游鎮維

　　憑著一股對兒文的熱情和幾個月的努力，我成為研究所的一員。興奮之餘，我思考著內心二種「期待」。

　　一是對研究所的期待。期待它成為發展「兒童文學評論」之中心。

　　評論一旦獲得完整的建構，即能陳指各家之良窳，由此，閱讀欣賞人才的培育，才成為可能。「閱讀欣賞」帶領兒童領略文學之精髓，引導成人重新認識兒童文學，進而促進閱讀及創作風氣更再勃發。

　　評論指引動作，未來創作之質、量提昇後，又回頭豐富評論之材料。

　　評論、閱讀欣賞、創作若相互滾成一個漸大的雪球，定能為兒童文學拓出一條大道。

　　二是對大環境的期待。我們是一群對兒童文學有熱忱的樹苗，需要大家給我們多一點機會、多一點支持，讓我們在風陽雨露滋潤下慢慢茁壯，為撐起兒童文學這片藍天，盡一分心力。

繪畫也是一種圖象文字

❀林靜怡

　　五月十日下午坐在東師看得到海的教室，翻開國文試卷看到上面那三道題目，心情馬上高興起來，心想，總算脫離了枯燥無味的教育測試。我似乎嗅到了兒童文學萌芽與成長所需要的靈活快樂的空氣。

　　小時候，並不是一個愛看書的孩子，讀書習慣的養成幾乎是上大學後的事情，但其間仍常遇到困難。幸好，對圖畫的敏感度從不曾消失，於是，繪畫就成了我說故事的方式。帶狗散步時聽到夏日第一聲蟬叫，狗兒直盯樹梢不肯走，我把它畫下來；連續幾天遇見同一個小朋友，不斷邀請我明日再到山坡找他，我把它畫下來；心裡想到有趣的故事片斷，除了寫在筆記本裡，我更用圖畫做紀錄。從美術系到兒童文學研究所，欣喜比訝異多得多，尤其在我勇氣不足時，有位老師誠摯地告訴我：「別擔心，繪畫也是一種圖象文字……」於是，我清楚地知道，兒童文學這塊土地，將是我與他人相互關照而欣喜的地方。

另一彎七色彩虹

❋陳昇群

在小學教書，一不小心就和孩子同遊文學的國度而不知所止，亂了繁複沈重的課程進度，但又發現，孩子們多喜歡這樣的一不小心。

其實，已經很少拿起創作的筆了，卻總是在教室裡隱隱發酵出。我應該還不忘情於兒童文學的。所以，決定向東師這座全台唯一的兒童文學殿堂出發，考看看新成立的兒童文學研究所。

準備的過程是愉悅的而辛苦的。期間嘗試接觸了一些新的東西，感受一些從未有過，與兒童文學相關的知識咀嚼。心下又想：即使沒考上，這段歷程也有一種蛻化作用。

只是今天寫著寫著，卻又戒慎惶恐了起來。才想加溫稍稍冷去的創作心意，這下又得兼跨理論的領域，會不會走得跌跌撞撞？但我相信二者必定相輔相成，如同弧畫的虹，盡頭是一滴純水，因為陽光一道，會渲散另一彎七彩來。

滿懷期許的進入兒童文學研究所，好風好水在側，良師益友相伴，生命在這兩三年自是充盈而豐富，奇好而積極。

讓我們從這裡開始

❀洪志明

如果，我們覺得兒童文學的理論，還有一點不足。

如果，我們覺得兒童文學的創作，還有進步的空間。

如果，我們覺得兒童文學應該發揮的影響力，還沒有發揮。

如果，我們覺得並沒有達到改善人心的作用。

如果，我們覺得兒童文學並沒有善盡它的社會責任。

那麼，就讓我們從這裡開始吧！讓我們從這裡開始建立一個兒童文學的王朝。

雖然，我們的腳步有些蹣跚；雖然，我們的思想不夠成熟；雖然我們的作品尚待琢磨；但是有一天，我們一定長成大樹，長成一棵有濃蔭的大樹，讓所有稚嫩的心靈，都有一片陰涼的天空。

交換意見相互成長

❀黃孟嬌

　　沒想到，只是對童話的這份熱忱，有一天能把它化爲實際的學習原動力。

　　今年是台東師院兒童文學研究所的第一屆招生，十五名新生將率先打頭陣，很榮幸自己是其中一員（第一次感覺總是比較特別）。來自不同校系的同學們各自擁有不同的學習背景，相同的是對兒童文學的喜愛，如何引導每個學生發揮其專長及特質、刺激其內在的潛能，這是我比較關心的。由於自己算是半路出家，理論方面比較弱，必需從基礎好好打起。

　　在大學裡，除了學到如何自我思考外，更重要的是擦撞不同的意見產生火花。希望進入研究所之後，除了自己研究，也可以有很多和同學交換意見的機會。

　　兒童文學這塊領域，不知道會不會因爲我們的加入而有一點點的改變，我有這樣的期待。

大人者，不失其赤子之心

❀楊佳惠

　　文學的功能在於表達創作者的理念與情感，而兒童文學既冠以「兒童」二字，寫作對象被鎖定，文字的表現自然更有其不同於成人文學之處。

　　有幸身為東師兒文所的一員，初睹諸位教授的風采，果然名不虛傳，心中尚竊喜與我這不羈的性格不謀而合。我相信，不羈才能直心，擁有直心，就能對所選擇的志業執著，塵封的童真於焉呈現。

　　但，我害怕被理論束縛，害怕太多盈塞於心的「第一點、第二點……」會妨害自己瀟灑的寫作。我想，這是因為自己對理論認識不深之故，我期許未來在這方面再做補強。

　　喜歡孩子，喜歡文學，所以我千里奔波到台東。願東師的益友良師、好山好水能助我開啟另一扇門，在漫漫的兒童文學路上，也盡我棉薄之力。

開拓更寬廣的創作空間

❋洪美珍

　　隨著兒童被受到重視，兒童文學在台灣發展的趨勢也愈來愈蓬勃。投入兒童文學創作的新、舊作家無不積極的想為兒童創作更多適合他們年齡的文學作品。

　　在創作上，現今兒童文學創作的創作題材和以往相比，的確是廣泛和生活化了不少，例如：小紅、少年噶瑪蘭、子兒吐吐等都是難得的好書；但我也認為除了有關家庭、社會、學校生活的題材外，在台灣有志從事兒童文學創作的作家，應該可以嘗試著將寫作的觸角伸展到有關單親家庭、死亡、離婚、弱勢族群、職業婦女等題材上，我們需要有人用不同於成人文學的呈現方式，將這些普遍的社會現象，用兒童可以接受的方式表達出來，讓他們不致於在面對這些現象時感到焦慮和恐懼。

單純地快樂著

✿林孟琦

　　儘管台灣的兒童文學在許多有心人的大力推動下，開出許多美麗的花朵，但仍有爲數不少的人，兒童文學持有輕視與誤解的態度，使這些剛開不久的花略見枯萎。尤其是那些企圖把成人枯燥無味的知識，在兒童文學溫柔的包裝下，變成一本本看似活潑有趣的兒童書，但其實只是要叫小孩們不斷的用功讀書罷了。

　　童年只有一次，童年應是快樂的。童年的快樂，不是因爲達成了偉大的目標或克服了巨大的困難，而是因爲兒童本來就享有快樂的權利，他們只是要單純地快樂著。兒童文學也應如此，就讓孩子快樂的讀著自己喜歡的讀物吧！不爲考一百分，不爲贏過別人，只是要快樂——只因爲他們是兒童。

　　　　　　——以上全文摘自《兒童文學學會會訊》86 年 7 月　　　　13 卷 3 期，頁 3-9。

十八、有關兒童文學研究所籌設之問卷

各位朋友您好：

　　這份問卷旨在瞭解您對《兒童文學研究所》籌設之有關看法，以便提供本校籌備處籌畫有關事宜之參考。

　　您的意見是我們籌畫《兒童文學研究所》的主要依據。謝謝您的合作！

　　　　　　　　　　台東師院兒童文學研究所籌備處

填答說明：

1.請就每一問題所列的答案，從中選擇符合您意見的答案，並在該選項後之□中以「∨」的記號表示出來。

2.非選擇選項的問題，請在空白部份寫下您的意見或看法。

問卷內容：

1.您認為考生的資格是否需要有系別或相關科系的限制？

　　□是　　　　□否

2.您認為考試科目以幾科較為合適？

　　□三科　　　□四科　　　□五科　　　□六科

3.請列舉出您認為適合的考試科目。(以不超過六科為限，並依序書寫)

　　(1)＿＿＿＿＿＿　　(2)＿＿＿＿＿＿　　(3)＿＿＿＿＿＿

　　(4)＿＿＿＿＿＿　　(5)＿＿＿＿＿＿　　(6)＿＿＿＿＿＿

4.您認為有哪些課程可列為核心課程？（以不超過四科為限，並依序書寫）

　　(1)＿＿＿＿＿　(2)＿＿＿＿＿　(3)＿＿＿＿＿
　　(4)＿＿＿＿＿　(5)＿＿＿＿＿　(6)＿＿＿＿＿

5.您對於兒童文學研究所成立的宗旨、目的及任務有何看法？

　　宗旨：＿＿＿＿＿＿＿＿＿＿＿＿＿＿＿＿
　　　　　＿＿＿＿＿＿＿＿＿＿＿＿＿＿＿＿

　　目的：＿＿＿＿＿＿＿＿＿＿＿＿＿＿＿＿
　　　　　＿＿＿＿＿＿＿＿＿＿＿＿＿＿＿＿

　　任務：＿＿＿＿＿＿＿＿＿＿＿＿＿＿＿＿
　　　　　＿＿＿＿＿＿＿＿＿＿＿＿＿＿＿＿

6.您對兒童文學研究所的發展方向有何看法？

7.其他：

捌：招生簡章

國立台東師範學院八十六學年度兒童文學研究所碩士班招生簡章

一、修業年限：一至四年。

二、招生名額：共十五名；一般生十二名，專業在職生三名（視考
　　　　　　　試成績決定是否足額錄取，如有缺額則兩類名額可
　　　　　　　以流用）。

三、報考資格：

　(一)符合下列條件之一，並經入學考試通過者，得入學為本所碩士
　　　班研究生：

　　1.經教育部認可之國內外一般大學畢業生。(含師範大學與師範
　　　學院)

　　2.具下列資格之一者，得以同等學歷報考：

　　　(1)公務員高等考試，或相當於高等考試之特種考試及格者。

　　　(2)專科學校畢業，有三年以上工作經驗者。

　　　(3)修滿經教育部認可之國內外大學或獨立學院各學系規定年
　　　　限，因故未能畢業，持有修業證明書，並有兩年以上工作
　　　　經驗者。

　(二)以同等學歷考入研究所，應補修基礎學科與學分數，由本所視
　　　需要訂定，但不列入研究所學分計算。

　(三)報考專業在職進修者，除須具有一般研究生報考資格外，尚須
　　　在各公私立文化機構任職滿一年以上，於報名時繳驗任職公司
　　　證明，錄取後繳交服務單位同意進修證明書。另報名時應繳交
　　　相關兒童文學作品或研究成果，以供書面審核評分。專業在職
　　　生名額不得超過總錄取名額四分之一。

四、報名日期：中華民國八十六年四月廿六日（星期六）、廿七日（星
　　　　　　　　期日）。每日上午八時卅分至十一時卅分，下午二時
　　　　　　　　至五時。

五、報名地點：國立台東師範學院（台東市中華路一段六八四號）。

六、報名手續：

　(一)填寫報名表一份。

　(二)繳驗國民身分證或其他得以證明身分之文件。未攜帶該種證件
　　　備驗或學歷證件與該種證件上所載姓名、年齡不符者，均不得
　　　報考。

　(三)繳驗學歷證件及報考資格所規定之經歷證明暨其他有關證件。

　(四)報考專業在職生者應繳驗服務單位任職證明及繳交個人之「兒
　　　童文學作品或研究成果」資料。（以已出版或發表者為限）

　(五)現役軍人及現在軍事機關服務人員報考者，另須繳驗國防部（或
　　　各種軍種總司令部）同意報考證明，或繳驗今年九月底前退伍
　　　之證明文件。

　(六)繳本人最近二吋脫帽正面半身相片一式二張，分別貼於報名表
　　　及准考證上。

　(七)繳納報名費新台幣壹仟伍佰元。

七、考試科目：分初試、複試：初試合格後通知參加複試。

　(一)初試：筆試（佔總成績70%）

　　一　般　生：國文、英文、兒童文學、兒童學。

　　專業在職生：國文、英文、兒童文學、兒童學、兒童文學作品
　　　　　　　　或研究成果（以書面資料審核評分，佔一百分）。

　(二)複試：口試（佔總成績30%）。

八、考試日期：

　(一)初試：八十六年五月十日（星期六）、五月十一日（星期日）。

(二)複試：另行通知。

九、初試考試地點：國立台東師範學院（試場於考前一日在本校公
　　　　　　　　　　告）。

十、初試考試時間表：（每科考試時間一〇〇分鐘）。

時間　　　　　日　期　　科　目	上　　　　午		下　　　　午	
	08:20-10:00	10:20-12:00	13:30-15:10	15:30-17:10
五月　十　日(星期六)			國　　　文	兒童文學
五月十一日(星期日)	英　　　文	兒　童　學		

十一、放榜日期：八十六年五月三十一日之前。

十二、附　　　則：

(一)報名應親自辦理，或檢齊證件委託親友代辦，不受理通信報名。

(二)考生報名時所提出之各項身分及學、經歷證明，如有偽造或變
　　造者，一經查出，除取消其應考與錄取資格外，並函送司法機
　　關追究當事人之法律責任。

(三)錄取原則：初試各考試科目滿分均為一百分。一般生初試總分
　　四百分，專業在職生初試總分五百分。複試錄取名單依初試總
　　分順序擇優錄取後通知參加複試。最後正式錄取生依初試成績
　　佔百分之七十，複試成績佔百分之三十核算總成績，按總成績
　　高低順序擇優錄取；唯：

　　1.考生國文及英文成績未達一定標準者，不予錄取；

　　2.考生總成績若未達本校招生委員會所訂之最低錄取標準時，得
　　　不足額錄取，並不列備取。

(四)錄取新生除在本校公告及網路上貼榜外，並另行個別通知。

(五)考生對成績若有疑問，請於放榜之日起一週內（以收寄局之郵

戳為憑）敘明欲複查科目，檢附原成績通知單、複查手續費每
科五十元、及一個貼足回郵、並填妥收信人姓名、地址之回函
信封，掛號郵寄本校招生委員會申請複查，逾期不予受理。

(六)師範校院應屆畢業生實習年資計至本年七月底止，得持應屆畢
業證明文件報考。如經錄取，報到時須繳驗畢業證書，否則不
准入學。未服務滿一年者，除非賠償公費，否則須辦理保留入
學資格。

(七)新生入學須繳公立醫院在有效期限內之體格檢查表（包括 X 光
透視及血液檢驗），否則不准入學。凡患有開放性結核病、精
神病或法定傳染病者，均不准入學。

(八)經錄取新生應依規定期限辦理報到，除因服兵役或重病持有公
立醫院證明外，不得申請保留入學資格。申請保留入學資格者，
應於報到日之前辦理申請手續，逾期不予受理。除因服兵役理
由外，保留入學資格以一年為限。未依限辦理報到者，取消其
入學資格，另行通知備取生依次遞補，凡遞補之備取生不得保
留入學資格。保留入學資格期滿，未報到入學者，取消其入學
資格，唯原列備取生不得再要求遞補其缺額。

(九)現役軍人如以非軍人身分報考並經錄取者，一經查覺，即註銷
其入學資格。

(十)師範院校或教育院系之公費畢業生，經錄取後，須繳交服務期
滿、償還公費或展緩服務之證明文件；在職進修人員並須繳交
主管教育行政機關核准之證明文件，始可註冊入學。

(十一)錄取新生入學後之待遇、義務，悉依教育部之規定辦理。

(十二)新生入學時，應詳實填寫有無在外擔任工作及所任職務。如有
隱瞞事實而領取獎助學金等情事，一經查覺，即依教育部所訂
＜研究生兼職規定要點＞議處。

(十三)非相關科系及以同等學歷報考之考生經錄取入學後，須補修及
　　　格本所規定之基礎科目，始准申請參加學科及學位考試。

(十四)本簡章及報名表工本費新台幣貳拾元。函購請附回函信封一個
　　　（請貼足回郵，並填妥收信人姓名、地址），並附繳工本費貳
　　　拾元（郵票通用），寄本校招生委員會。

(十五)初試考試科目「兒童學」分三部份：

　　　1.兒童心理：

　　　　如《兒童心智》　　Donaldson 原著　漢菊德、陳正乾譯　遠
　　　　　流出版公司

　　　　《天生嬰才》　　Mehler & Dupoux 原著　洪蘭譯　遠流出
　　　　　版公司

　　　2.童年史：

　　　　如《童年的消逝》　　Postman 原著　蕭昭君譯　遠流出版公
　　　　　司

　　　　《童年的秘密》　　Montessori 原著　賈馥茗主編　五南出
　　　　　版公司

　　　3.兒童文化：

　　　　如《新幾內亞人的成長》　　Mead 原著　蕭公彥譯　遠流出
　　　　　版公司

　　　　《兒童遊戲》　　James E. Johnson 等著　郭靜晃譯　揚智
　　　　　文化

　　　　《傳播媒體與兒童心智發展》　　Greenfield 原著　陳秋美
　　　　　　　　　　　　　　　　　　　譯　信誼基金出版社

　　　　《童年沃野》　　Nabhan & Trimble 原著　陳阿月譯　新苗
　　　　　文化

(十六)查詢、查榜服務：

　　1.電話查詢：(○八九)三一八八五五轉二一二或二一三。

　　2.網路查詢：請查台灣學術網路，以 Telnet 方式連線，IP 位址：140.127.172.99 或站名：bbs.ntttc.edu.tw，查詢教務處版或兒童文學研究所版。

玖：考試試題

國立臺東師範學院兒童文學研究所八十六學年度招生考試試題

國　文

※本學科旨在測試理解與表達能力。試題共四頁,分成兩部分,第一部分針對語詞的理解,經由虛構與想像,以不同的技法表達出來;第二部分針對插圖及一篇作品的閱讀理解,再將所理解的表達出來。請將答案直行書寫於答案卷上。試題隨同答案卷一併繳回。

一、任選一種角色,運用五種不同的刻畫技法,彰顯「嚴屬」這個特徵。請先自擬題目,然後開展成文,再用(1)(2)(3)(4)(5)標注所用的技法。(30%)

二、仔細閱讀下面的插圖,回答下列兩個問題;

　1.您讀出那些訊息?請逐一列舉說明。(15%)

　2.運用想像與虛構,將圖中的焦點訊息轉成簡短的標題,再寫一篇短文或編個故事。(15%)

三、仔細閱讀＜雁陣＞這篇小說，針對主題加以分析，想一想本
　　篇小說的主題是什麼？作家如何呈現主題？呈現得好不好？
　　請將上述三個答案組成一篇評論，並加上主副標題。(40%)

　　※＜雁陣＞一文摘自 1991 年 7 月香港新亞洲文化基金會有限公
　　司《中國當代兒童小說精選》，頁 18～31。

國立臺東師範學院兒童文學研究所八十六學年度招生考試試題

英　文

注意事項：(1) 請用橫式作答。

　　　　　(2) 答案請依序寫在答案卷上。

　　　　　　　如：Ⅰ.A. 1.( )　2.( )　3.( )

　　　　　　　　　B. 1.( )　2.( )　3.( )

　　　　　　　　　C. 1.( )　2.( )　3.( )

　　　　　　　　　　 4.( )　5.( )　6.( )（以此類推）

　　　　　(3) 試題隨同答案卷一併繳回。

Ⅰ. Reading Comprehension：32%

　　Read the following passages; then answer the questions that follow. (2 points each)

A. The old man seemed pleased. "Touch the things, boy," he said. "Touch the things. They don't mind being touched."

　So Jimmy Williams went around the room, staring at the miniatures and the pictures, and picking up one thing or another and putting it down. He was very careful and he didn't break anything.

　　　　　　　　　　　　　　　—Stephen Vincent Benet, "The Die-Hard"

1. We can assume that Jimmy's feelings are a mixture of ___.

　　A. anxiety and uncertainty

　　B. satisfaction and confidence

　　C. excitement and appreciation

D. awe and fearfulness

2. Why should the old man want Jimmy to pick up the objects?

    A. To see if he is careful

    B. To see if he is impressed

    C. To enjoy them more fully

    D. To test his honesty

3. Why does Jimmy inspect the objects?

    A. He has been ordered to do so.

    B. He finds them valuable and fascinating.

    C. He is looking for something interesting.

    D. He is planning to steal some of them.

B. A wounded deer usually works downhill, a hunted grizzly climbs. Jack knew nothing of the country, but he did know that he wanted to get away from that mob, so he sought the roughest ground, and climbed and climbed.

He had been alone for hours, traveling up and on. The plain was lost to view. He was among the granite rocks, the pine trees, and the berries now, and he gathered in food from the low bushes with dexterous paws and tongue as he traveled, but stopped not at all until among the tumbled rock, where the sun heat of the afternoon seemed to command rather than invite him to rest.

                    —Ernest Thompson Seton, Monarch the Big Bear

1. Judging from the preceding paragraph, Jack is a ___.

    A. wounded deer

    B. young hunter

C. hunted bear

D. lost boy

2. The paragraph indicates that Jack is most anxious about ___.

    A. his freedom

    B. food to eat

    C. the strange country

    D. finding his way home

3. The paragraph also indicates that Jack travels ___.

    A. around a high mountain

    B. mostly upward

    C. in a straight line

    D. parallel to the plain

C.....Father's strict rule was, straight to bed immediately after family worship, which in winter was usually over by eight o'clock. I was in the habit of lingering in the kitchen with a book and candle after the rest of the family had retired, and considered myself fortunate if I got five minutes' reading before father noticed the light and ordered me to bed; an order that of course I immediately obeyed. But night after night I tried to steal minutes in the same lingering way.... One evening when I was reading Church history father was particularly irritable, and called out with hope-killing emphasis, "John, go to bed! Must I give you a separate order every night to get you to go to bed? Now, I will have no irregularity in the family; you must go when the rest go, and without my having to tell you." Then, as an afterthought, as if judging that his words and tone of voice were too severe for so pardonable an offense as reading a religious book he unwarily added, "If you will read, get up in the morning and read. You may get up in the morning as early as you like."

…A boy sleeps soundly after working all day in the snowy woods, but that frosty morning I sprang out of bed as if called by a trumpet blast, rushed downstairs, scarce feeling my chilblains, enormously eager to see how much time I had won; and when I help up my candle to a little clock that stood on a bracket in the kitchen I found it was only one o'clock. I had gained five hours, almost half a day! "Five hours to myself!" I said, "five huge, solid hours!" I can hardly think of any other event in my life, any discovery I ever made that gave birth to joy so transportingly glorious as the possession of these five frosty hours.

In the glad, tumultuous excitement of so much suddenly acquired time-wealth, I hardly knew what to do with it. I first thought of going on with my reading, but the zero weather would made a fire necessary, and it occurred to me that father might object to the cost of firewood that took time to chop. Therefore, I prudently decided to go down cellar, and begin work on a model of a self-setting sawmill I had invented. Next morning I managed to get up at the same gloriously early hour, and though the temperature of the cellar was a little below the freezing point, and my light was only a tallow candle the mill work went joyfully on.

— John Muir, The Story of My Boyhood and Youth

1. From these paragraphs we can say confidently that the narrator as a boy was all of the following except ___.

    A. quite clever

    B. imaginative

C. disobedient

D. literate

2. His father clearly was all of the following except ___.

    A. stern

    B. religious

    C. unyielding

    D. unfair

3. Presumably the father considered religious history to be ___.

    A. unfit for a boy to read

    B. suitable fare at a suitable time

    C. a form of rebellion

    D. a temptation to dishonesty

4. We may assume that the boy read books only when ___.

    A. he was not at work

    B. there was nothing else to do

    C. he specifically had permission

    D. his father did not see him

5. We can infer that the father, on giving his son permission to get up early, assumed that the son ___.

    A. would get up regularly a few minutes early

    B. would get up frequently at one o'clock

    C. would seldom or never wake up early

    D. would forget his hasty promise

6. We can gather that the narrator expected his father to ___.

A. put a quick stop to the early rising

B. sleep through the early rising

C. punish him for the early rising

D. keep his word as to the permission

7. Presumably the boy went to the cellar because it was ___.

    A. quieter

    B. better lit

    C. somewhat warmer

    D. safer

8. The boy decided not to read the first morning because ___.

    A. his book was uninteresting

    B. he had no candles

    C. he didn't want to start a fire

    D. his father had forbidden it

9. We can assume that, during his first two five-hour periods, the boy ___.

    A. soon fell asleep

    B. slipped back to bed shortly

    C. enjoyed every minute

    D. read a good deal

10. What motivated the boy to get up so early?

    A. Love of reading and mill work

    B. Inability to sleep soundly

    C. Anger at his father

    D. Curiosity, for the most part

Ⅱ. Read the passage and the answer choices that follow it. Choose the best answer to complete each blank. (20%)

The general public __1__ uneducated about' children's literature. Contrary to popular belief, having once been a child and having read some of the childhood classics __2__ qualify one as an authority __3__ children's books. __4__ has only been in the latter decades of this century that a serious study of children's literature has emerged. We should __5__ heart that at last the field is being acknowledged as __6__ consideration. The study of children's literature is the study of childhood, of human aesthetic development, of human intellectual development, of social development. __7__ reading, civilization __8__ we know it would disappear in one generation; the idea of the past would be lost forever; we would be forced naked into the world. Perhaps the greatest end of the study of children's literature is to make readers of all children. The __9__ that we, as adults, know about children's literature, the better equipped we will be to help children discover __10__ the rewards and pleasures of reading.

　　　　　　　　　　　　— David L. Russell, Literature for Children

1. (A) is surprising　(B) surprising is　(C) is surprisingly
　(D) surprisingly is

2. (A) do not　　　(B) does not　　　(C) is not　　　(D) are not

3. (A) on　　　　　(B) in　　　　　　(C) at　　　　　(D) for

4. (A) Which　　　(B) There　　　　(C) That　　　　(D) It

5. (A) bring　　　　(B) give　　　　　(C) take　　　　(D) change

6. (A) worth of　　(B) worthy of　　　(C) worth　　　(D) worthy4

7. (A) Without　　(B) Never　　(C) No　　(D) But that

8. (A) like　　(B) as　　(C) alike　　(D) for

9. (A) many　　(B) much　　(C) more　　(D) most

10. (A) either　　(B) neither　　(C) both　　(D) all

Ⅲ.Translation：23％(Translate the following paragraphs into Chinese)

A. He forced his eyes open as they went downward, downward, sliding, and all at once he could see lights, and he recognized them now. He knew they were shining through the windows of rooms, that they were the red, blue, and yellow lights that twinkled from trees in places where families created and kept memories, where they celebrated love. (8％)

—Lois Lowry, The Giver

B. It seems quite understandable that when children are asked to name their favorite fairy tales, hardly any modern tales are among their choices. Many of the new tales have sad endings, which fail to provide the escape and consolation that the fearsome events in the fairy tale require if the child is to be strengthened for meeting the vagaries of his life. Without such encouraging conclusions, the child, after listening to the story, feels that there is indeed no hope for extricating himself from his despairs. In the traditional fairy tale, the hero is rewarded and the evil person meets his well-deserved fate, thus satisfying the child's deep need for justice to prevail. (15％)

—Bruno Bettelheim, "Fairy Tales and Modern Stories"

IV. Composition：25%

　　In 1825, J. B. Macaulay said, "Of all people children are the most imaginative. They abandon themselves without reserve to every illusion. No man, whatever his sensibility may be, is ever affected by Hamlet or Lear as a little girl is affected by the story of poor little Red Riding Hood." Do you agree? Write a short essay about 250 words to develop your answer.

國立臺東師範學院兒童文學研究所八十六學年度招生考試試題

兒 童 學

注意事項：（1）請用橫式作答。　（2）答案請依序寫在答案卷上。
　　　　　（3）試題隨同答案卷一併繳回。

問答題：（每題 20 分）

一、從新生嬰兒研究的資料來看，我們可以假設人類並非是生下
　　來什麼都不知道的。事實上，個體一生下來就有一些先天設定
　　好的遺傳能力。請從先天機制功能主義的觀點來解釋年幼孩子
　　先行的認知能力。

二、Neil Postman 認為西方社會由於媒體的衝擊，致使童年生活
　　的文化產生根本的轉變，而童年的概念則面臨絕跡。就您對台
　　灣社會的觀察，您是否同意 Postman 的論述？若然，這種轉變
　　對兒童文學創作的意義為何？

三、人類學家 Margaret Mead 在新幾內亞人的成長一書中描述烏
　　奴斯族早年的教育與家庭生活，並分析該社會中成人與兒童的
　　關係。請根據其論述，說明烏奴斯族的文化對該族兒童人格形
　　成的影響。

四、Maria Montessori 認為幼兒係精神（心理）的胚胎，並認為
　　幼兒具有吸收性心智，請說明 Montessori 這種主張的內容。

五、倘若閱讀有助於兒童心智的發展，那麼教師在教導兒童閱讀
　　時，在教學的方式及讀物內容的選擇應該有什麼基本的共識？

國立臺東師範學院兒童文學研究所八十六學年度招生考試試題

兒 童 文 學

注意事項：（1）請用橫式作答。

　　　　　（2）配合題答案請依序寫在答案卷上。

　　　　　如：一、1.（） 2.（） 3.（） 4.（） 5.（）

　　　　　　　 6.（） 7.（） 8.（） 9.（）10.（）

　　　　　（3）試題隨同答案卷一併繳回。

壹、配合題：

一、10%

1. 台灣的安徒生	甲　林鍾隆
2. 《台灣兒歌》（省新聞處）	乙　傅林統
3. 《台灣民間文學集》	丙　李　潼
4. 《兒童文學的思想與技巧》（富春文化公司）	丁　林　良
5. 《阿輝的心》	戊　廖漢臣
6. 《少年噶瑪蘭》（天衛文化公司）	己　王詩琅
7. 《懷念》（國語日報社）	庚　李獻章
8. 《皇后的尾巴》（信誼基金出版社）	辛　馮輝岳
9. 《敦煌的兒童文學》（學生書局）	壬　雷僑雲
10. 《阿公的八角風箏》（民生報社）	癸　陳璐茜

二、10%

1. 兒童文學之父	甲 羅倫茲尼(Carlo Lorenzini)
2. 魯賓遜漂流記	乙 詹姆士比利(James Matthew Barrie)
3. 木偶奇遇記	丙 安徒生
4. 五百頂帽子	丁 紐伯瑞(John Newbery)
5. 杜立德醫生的故事 (The Story of Doctor Dolittle)	戊 蘇斯博士(Dr. Seuss)
6. 小飛俠 (Peter pan)	己 貝洛爾(Charles Perrault)
7. 兔寶寶彼德的傳奇 (The Tale of Peter Rabbit)	庚 羅福亭(Hugh Lofting)
8. 愛麗斯夢遊仙境	辛 卡羅爾(Lewis Carroll)
9. 醜小鴨	壬 波特(Beatrix Potter)
10. 鵝媽媽故事集 (Contes de ma Mire l'oye)	癸 狄福(Daniel Defoe)

貳、問答題

一、試說明兒童文學的特性。(15%)

二、兒童文學有三個層次與兩大部類之說，試論之。(15%)

三、試說明兒童文學各散文故事體之異同與特質。(20%)

四、試論兒童「詩教育」之可能性。(15%)

五、試論我國新時代兒童文學的緣起與源頭。(15%)

拾：相關影像

籌備處掛牌

籌備會議

北市建言座談會

高市建言座談會

與大陸學者、作家座談

學術研討會

招生海報

關心兒童文學的您
停！看！聽！

關於…台東師院兒童文學研究所入學考試…

招生名額：15 名（專業在職生 3 名，一般生 12 名）

報考資格：不限科系。

報名時間：86 年 4 月 26、27 日（星期六、日）。
　　　　　親自報名或委託報名（不受理通信報名）。

考試時間：86 年 5 月 10、11 日。

考試科目：1.初試：筆試——國文、英文、兒童文學、兒童學。
　　　　　2.復試：口試。

附　　註：一、報考專業在職生者應繳交服務單位核發之「在職進修同意書」，及考
　　　　　　　生個人之「兒童文學作品或研究成果」書面資料（以已出版或發表者
　　　　　　　為限）。該「兒童文學作品或研究成果」列為專業在職類考生筆試
　　　　　　　科目之一，佔 100 分，是以專業在職考生初試總分為 500 分。
　　　　　二、初試錄取者再參加口試。正式錄取生：筆試占 70 %，口試佔 30 %。
　　　　　三、兒童學分三部份：
　　　　　　　(1)兒童心理
　　　　　　　　　如《兒童心智》Donaldson 原著　漢菊德、陳正乾譯
　　　　　　　　　　　遠流出版公司
　　　　　　　　　　《天生嬰才》Mehler & Dupoux 原著　洪蘭譯　遠流出版公司
　　　　　　　(2)童年史
　　　　　　　　　如《童年的消逝》Postman 原著　蕭昭君譯　遠流出版公司
　　　　　　　　　　《童年的秘密》Montessori 原著　賈馥茗主編　五南出版公司
　　　　　　　(3)兒童文化
　　　　　　　　　如《新幾內亞人的成長》Mead 原著　蕭公彥譯　遠流出版公司
　　　　　　　　　　《兒童遊戲》James E. Johnson 等著　郭靜晃譯　揚智文化
　　　　　　　　　　《傳播媒體與兒童心智發展》Greenfield 原著　陳秋美譯
　　　　　　　　　　　信誼基金出版社
　　　　　　　　　　《童年沃野》Nabhan & Trimble 原著　陳阿月譯　新苗文化
　　　　　四、簡章索取每份 30 元，函購請附回郵信封及郵資
　　　　　五、詳情請洽東師教務處註冊組或兒文所
　　　　　　　電話：(089)318855 轉 213、341 或 407
　　　　　　　地址：台東市 950 中華路一段 684 號 教務處註冊組

兒童文學與教育學術研討會

主辦單位：國立台東師院語教系
　　　　　兒童讀物研究中心
　　　　　兒童文學研究所籌備處
指導單位：教育部中教司
地　　點：台東師範學院國際會議
日　　期：86 年 3 月 13、14 日

國家圖書館出版品預行編目（CIP）資料

林文寶兒童文學著作集. 第三輯, 著作編 / 林文寶作.
-- 初版. -- 臺北市：萬卷樓圖書股份有限公司,
2023.09
　　冊；　　公分. --（林文寶兒童文學著作集；
1605003）
ISBN 978-986-478-974-0（第 9 冊：精裝）. --
ISBN 978-986-478-977-1（全套：精裝）

1.CST: 兒童文學 2.CST: 文學理論 3.CST: 文學評論
4.CST: 臺灣

863.591　　　　112015478

林文寶兒童文學著作集　第三輯　著作編　第九冊

一所研究所的成立

作　　者　林文寶
主　　編　張晏瑞

出　　版　萬卷樓圖書股份有限公司
發行人　林慶彰
總 經 理　梁錦興
總 編 輯　張晏瑞
聯　　絡　電話 02-23216565　　　傳真 02-23944113
　　　　　網址 www.wanjuan.com.tw
　　　　　郵箱 service@wanjuan.com.tw
地　　址　106 臺北市羅斯福路二段 41 號 6 樓之三
印　　刷　百通科技股份有限公司
初　　版　2023 年 9 月
定　　價　新臺幣 18000 元　全套十一冊精裝　不分售
ISBN　978-986-478-977-1（全套：精裝）
ISBN　978-986-478-974-0（第 9 冊：精裝）